KB115368

네르가시아 장편소설

FUSION FANTASTIC STORY

더 무왕 연대기

도시 무왕 연대기 6

네르가시아 장편소설

초판 1쇄 찍은 날 § 2016년 2월 11일
초판 1쇄 펴낸 날 § 2016년 2월 18일

지은이 § 네르가시아
펴낸이 § 서경석

편집책임 § 이재림

펴낸곳 § 도서출판 청어람
등록번호 § 제387-1999-000006호
등록일자 § 1999. 5. 31
어람번호 § 제1-2353호

주소 § 경기도 부천시 원미구 부일로 483번길 40 서경B/D 3F (우) 14640
전화 § 032-656-4452 팩스 § 032-656-4453
http://www.chungeoram.com
E-mail §chungeorambook@daum.net

ISBN 979-11-04-90638-1 04810
ISBN 979-11-04-90445-5 (세트)

네르가시아 장편소설
FUSION FANTASTIC STORY

도시 무방 연애기

목차

외전. 전쟁

1399년, 영국과 프랑스의 백년전쟁이 다시 재개되었다.

그 후로 3년 동안 전쟁은 계속되어 프랑스를 피로 물들이고 있었다.

땡땡땡.

영국군의 주둔지에선 아침부터 미사가 한창이다.

지금 이 미사는 벌써 두 번째 이어지고 있는데, 전장 한복판에 아침부터 두 번의 미사가 반복된다는 것은 참으로 이해할 수 없는 일이었다.

하지만 어젯밤, 영국군이 잠에 들기 전에 신부들이 찾아와 일

일이 병사들에게 고해성사를 한 것을 생각하면 지금 이 상황이 아주 말도 안 되는 것은 아니었다.

미사는 병사들에게 있어 두려움을 이기는 가장 좋은 수단이다.

더군다나 미사를 주관하는 사람은 다름 아닌 전쟁 대리통솔자 헨리 왕자 본인이었다.

그는 전투가 벌어지기 전에 반드시 두 번 연속으로 미사를 올리고 병사와 기사들의 사기를 증작시켰던 것이다.

"…성부와 성자와 성령의 이름으로, 아멘."

"아멘."

헨리 왕자가 미사를 마친 후 미늘갑옷을 입고 병사들의 사열 현장으로 걸어나왔다.

째앵!

어젯밤 병사들은 잠들기 전에 자신들의 무구를 닦고 갈고를 반복했기 때문에 그 상태가 매우 좋아 보였다.

헨리왕자는 겸허한 표정으로 말에 올랐다.

그의 진영을 채우고 있는 다섯 개의 깃발이 헨리 왕자를 따라 움직였고, 그의 뒤로 글루스터 공작을 비롯한 귀족과 기사들이 줄줄이 늘어섰다.

결전을 앞둔 그들의 표정에는 결연한 의지가 깃들어 있었으며, 병사들의 사기도 좋았다.

어젯밤에 잠을 푹 자고 일어나 아침까지 든든히 먹었기 때문일 터였다.

언제나 그렇듯 헨리 왕자는 자신의 승리를 확신했다.

챙!

검을 뽑아 든 헨리 왕자는 병사들에게 이 전쟁에 대한 의의와 반드시 승리해야 하는 이유에 대해 설명했다.

"병사들은 들어라! 이곳은 유일한 정통 후계자인 우리의 왕께 귀속된 영토이다! 그럼에도 불구하고 프랑스의 불한당들은 자신들의 땅이라 영유권을 주장한다! 우리의 팔다리를 자신의 것이라 우기는 저놈들을 가만히 내버려 두어야 할 것인가! 우리는 우리의 것을 빼앗기고도 바보처럼 실실거리며 웃기만 해야하나!"

"우-우-우-우!"

"싸워라! 우리 고귀한 혈통이 가져야 할 당연한 권리를 누리란 말이다!"

"와아아아아아!"

왕자의 연설에 병사들은 환호했으며 사기 또한 계속해 증진되었다.

헨리 왕자의 연설이 끝나고 난 후, 그의 뒤를 따르던 행렬 중에 유난히 눈에 띄는 동양인이 보인다.

적색의 머리카락을 길게 늘어뜨린 그는 검은색 눈동자를 가진 기사였다.

그는 신묘하고도 파괴적인 검술을 구사하였는데, 사람들은 그의 붉은 머리색이 꼭 피로 물든 것 같다고 말했다.

병사들이 그를 지칭하기를, '붉은 기사', 혹은 '피의 검사'라고 불렀다.

그의 정체는 리처드 라이트플라워, 장사꾼의 손자이며 왕실에 페르시아산 향료와 카펫을 조달하던 집안의 아들이다.

유난히도 깊은 눈동자와 오뚝한 콧날, 거기에 새하얀 피부는 그가 동양인이라는 것을 까마득히 잊도록 만들었다.

다만 새까만 눈동자만이 그가 동방에서 왔다는 것을 알 수 있게 해주고 있었다.

올해로 서른이 된 리처드는 혁혁한 공을 세워 왕의 측근인 근위대장에 임명되는 것이 아니냐는 소리를 듣고 있었다.

하지만 사실 지금 그의 전공만 따지고 본다면 근위대장이 아니라 신흥귀족이 탄생할지도 모른다.

때문에 리처드를 바라보는 귀족들의 시선은 그리 곱지만은 않았다.

특히나 코르드 가문의 데이비드 자작은 신흥귀족이 될지도 모르는 그를 눈엣가시처럼 여기고 있었다.

데이비드 자작은 행렬 중간에 자신과 함께 선 기사 찰스에게 물었다.

"자네를 제치고 저자가 남작에 봉해진다는 얘기가 있더군. 어떻게 생각하는가?"

"왕자 전하의 목숨을 구한 남자인데, 어쩌면 당연한 얘기겠지요."

"…작위를 빼앗겨도 좋은가?"

"운명이라면 따라야겠지요."

찰스는 데이비드의 배다른 동생이며 그 아버지의 사생아이자 가문의 그림자이다.

지금까지 그는 가문을 위해 평생 동안 손에 피를 묻히며 살아왔고, 그 덕분에 데이비드가 자작에 오를 수 있었다.

무려 30년 동안이나 배다른 형을 위해 희생한 그를 가문에선 일부 아들로 인정하는 분위기였다.

하지만 사생아를 귀족의 명부에 올린다는 것은 가문의 힘을 약화시키는 꼴밖에는 안 된다.

그래서 데이비드는 이번 전쟁으로 통하여 찰스가 스스로 권력을 틀어쥐기를 바랐다.

어찌 되었거나 자신의 동생인 찰스가 그 이름에 맞는 권력을 쟁취하는 편이 여러모로 가문을 위해 좋았기 때문이다.

하나 두 형제의 바람은 생각처럼 그리 쉽게 이뤄지지 않았다.

어디서 듣도 보도 못한 꼬맹이 하나가 일개 사병으로 시작하여 기사까지 순식간에 치고 올라온 것이다.

불과 3년, 그 짧은 쌓은 전공으로 리처드는 신흥귀족까지 넘보는 거물로 성장했다.

대표적인 전공으로는 단연 전투에 나선 왕자 헨리 5세를 죽음에서 구해낸 일을 꼽을 수 있었다.

아버지를 대신하여 전투에 나선 왕자 헨리가 적의 파상공세에 몰려 죽을 뻔했을 때, 리처드는 혈혈단신으로 그들과 맞서 싸웠다.

무려 열 시간이 넘는 혈투를 펼치면서 고군분투한 결과, 왕실근위대가 도착하여 두 사람의 신병을 구출하였다.

이 사건으로 리처드는 왕실의 영웅이자 병사들의 존경의 대상이 되는 진짜 무인으로 추앙받게 되었다.

그때부터였다.

어떤 전장에서든 헨리 왕자는 리처드를 찾았고, 그는 계속해서 전공을 쌓을 수밖에 없었다.

그로 인하여 리처드의 권력 구도는 서서히 그 힘을 축적하고 있다고 해도 과언이 아니었다.

데이비드는 리처드를 바라보며 아랫입술을 짓씹었다.

"무능한 왕이 죽고 나니 엉뚱한 리처드가 말썽이군."

"그러게 말입니다."

덤덤한 표정으로 그의 말을 받은 찰스는 아주 낮은 목소리로 입을 뗐다.

"그러니 제거해야지요."

"…제거한다?"

"전쟁에 영웅은 필요합니다. 하지만 그것이 권력의 중심이 되어선 안 되는 법이지요."

그는 슬그머니 미소를 지으며 말을 이었다.

"더군다나 더러운 장사치의 아들이 어찌 고귀한 우리 집안의 자리를 넘볼 수 있단 말입니까? 아마도 저들은 곧 깨닫게 될 겁니다. 자신들의 위치가 어떤 것인지 말입니다."

"…생각을 해둔 모양이군."

찰스는 슬그머니 고개를 끄덕였고, 데이비드는 더 이상 리처드를 노려보지 않았다.

*　　　*　　　*

1402년, 프랑스 브레스트 해안.

쏴아아아!

짭짤한 바닷바람이 무혁의 얼굴을 간질이고 있다.

무혁은 자신을 비롯한 400명의 병사와 기사를 태운 전함의 선미에 서서 브레스트 성을 바라보았다.

그는 오늘 병사들과 함께 자신이 저곳을 뚫어내야 한다는 것을 다시 한 번 상기했다.

"흠……."

하지만 곁눈질로 보이게도 성벽을 넘기가 그리 쉬워 보이지는 않았다.

지금까지 그는 수많은 전투를 치러왔지만 공성전은 겪을 때마다 살아 있다는 느낌이 들도록 해준다.

한마디로 자신이 죽었는지 살았는지도 모를 정도로 황폐한 전쟁에서 유일하게 정신이 번쩍 들도록 치열한 공방전이 벌어진다는 소리다.

"오늘도 역시 쉽지 않은 전투가 되겠군."

해안에 자리를 잡고 있는 브레스트 요새를 뚫고 그 후방의 성까지 진격하자면 수많은 희생이 뒤따를 것이다.

무혁은 자신을 따르는 병사들을 모두 살려서 집으로 데리고 가고 싶지만 전쟁이란 그리 녹록치 않은 현장이다.

아무리 무공이 뛰어나고 검을 잘 쓴다곤 해도 공성전을 승리로 이끄는 일은 쉽지 않은 법이다.

그는 살며시 눈을 감았다.

아마도 오늘의 전장에서 자신을 제외한 거의 대부분의 병사가 죽을 터, 그는 일부러 자신 말고는 이곳에 남은 사람이 없다고 스스로 최면을 걸었다.

그래야 진격으로 죽어나가는 병사들을 보아도 흥분하지 않고 평정심을 유지할 수 있기 때문이다.

"후우……."

깊게 심호흡을 하며 눈을 떴을 때, 드디어 브레스트 해안에 배가 안착했다.

쿵!

닻을 내린 배에서 쏜살같이 달려나온 무혁은 이미 설치 중인 포대를 떠나 궁수 진영으로 향했다.

파바바바바밧!

그런 그를 따라서 달려나온 병사들이 형형색색의 깃발이 나부끼는 전장 앞까지 한달음에 도착했다.

"……."

병사들은 피와 살이 튀는 전장에 서서 살며시 몸을 떨어야 했다.

사방은 포탄과 화살에 맞아 죽은 적군과 아군의 시신들로 아수라장이 되어버렸고, 보병들은 죽은 전우의 시신을 밟고 계속해 성벽을 오르고 있었다.

이제 그들은 저 틈바구니에 끼어 죽을 때까지 전진만 외치다가 적의 칼을 맞을 것이다.

하지만 이곳에 있는 그 어떤 누구도 자신이 죽을 것이라고 지레짐작하지는 않았다.

챙!

"대대, 돌격!"

"와아아아아아아!"

전장에서 최대한 오래 살아남을 수 있는 방법은 숨는 것 말고는 존재하지 않는다.

그렇기 때문에 경험이 많은 병사들은 차라리 자신은 죽지 않는다고 스스로를 세뇌하며 돌격한다.

오늘 무혁이 타고 온 배는 1,000명이 넘는 병사가 그를 따르고 있다.

이것을 하나의 대대로 묶어 그에게 통솔권이 이양되었는데, 아마도 이 성벽을 넘지 못하면 그는 좌천될 것이 뻔했다.

아무리 전공을 많이 세웠다고 해도 병사들을 직접 이끌고 성벽을 넘어야 하는 공성전에서 전과를 올리지 못하면 말짱 허사이기 때문이다.

더군다나 이곳은 헨리 왕이 직접 지휘봉을 잡은 이래 가장 중요한 전략적 요충지가 될 것이기에 반드시 탈환해야 하는 목적지였다.

아마 무혁이 성벽 아래에서 고군분투할 즈음엔 보충병들이 달려와 죽은 사람들의 뒤를 채워줄 것이다.

이런 식으로 계속해서 무혁의 휘하엔 병사들이 차고 들어와 빈자리를 채우게 된다.

한마디로 그에게는 끝도 없이 병사들이 지원되는 셈이지만, 그만큼 패배할 경우에는 더 많은 질타를 받게 될 것이다.

무혁은 이를 악물었다.

'죽기 아니면 까무러치기다!'

그는 자신을 향해 날아드는 포탄을 옆으로 흘린 후, 마치 비처럼 쏟아지는 화살을 검으로 쓸어냈다.

서걱!

하지만 그럼에도 불구하고 포탄과 화살은 계속해서 쏟아져 도저히 무공으로 어찌할 지경을 넘어서고 있었다.

피융, 퍼억!

"크윽!"

미처 막아내지 못한 화살이 그의 어깨를 스치고 지나갔으나, 다행히도 철갑판에 막혀 큰 상처는 입지 않았다.

그러나 어깻죽지가 욱신거리는 고통은 어쩔 수 없이 찾아왔다.

'젠장!'

적의 파상공세가 만만치 않을 것이라는 사실은 익히 알고 있었으나, 그 정도가 심했다.

그러나 더 이상 물러설 공간은 없었다.

"죽어라!"

그는 자신의 등 뒤에 매달려 있던 기병창을 꺼내어 성벽 위의 궁수에게 집어 던졌다.

쐐에에에엥!

퍼억!

"끄허억……!"

단 한 방에 몸통이 꿰뚫린 그가 성벽을 타고 떨어져 내리자, 태하는 그 아래로 공성사다리를 대도록 명령했다.

"이쪽이다! 이쪽에 사다리를 걸어라! 어서!"

"와아아아아아!"

궁수들은 다시 충원되겠지만 모두 싸우느라 정신이 없어 누가 죽었는지도 모를 것이다.

지금 이 자리는 최소한 10분이나 20분간은 담당자가 없어 화살을 발사하지 않을 터였다.

그는 가장 먼저 사다리를 타고 위로 올라가기로 했다.

"나를 따르라!"

"와아아아아아!"

병사들의 함성 소리는 끊이지 않았지만 그렇다고 죽을 사람이 죽지 않는 것은 아니었다.

핑핑핑!성벽에선 여전히 엄청난 숫자의 화살이 쏟아져 내려오고 있었으며, 그것은 병사들의 신체 이곳저곳에 박혀 목숨을 앗아갔다.

퍼억!

"끄아아악! 내 다리!"

"방패로 화살을 막아라! 머리부터 몸통까지 보이는 부분은

다 막으란 말이다!"

지휘관들의 고함은 전장의 광기에 휩쓸린 병사들에겐 전혀 들리지도 않았다.

그래서 무혁은 별다른 지시가 없고선 굳이 입을 벌리지 않았다.

오히려 그것이 스스로 힘이 빠지도록 만들며, 결국에는 부상이나 죽음으로 이르는 지름길이 될 것을 너무나도 잘 알고 있는 것이다.

그는 주변에서 무슨 일이 일어나던 간에 꿋꿋이 자신의 길을 걸었다.

"허억, 허억!"

숨이 턱 끝까지 차오를 때까지 오르고 또 오르던 그는 불현듯 자신의 앞을 막아서는 궁수와 마주했다.

끼릭, 끼릭!

그는 한 손에 석유가 잔뜩 든 유리병을 쥐고 있었는데 그것을 활시위에 걸었다.

아마 이 기름병을 무혁의 얼굴에 쏟아 불을 붙일 생각인 모양이다.

"염병할!"

기름병은 깨뜨리는 순간 병사들의 얼굴에 쏟아져 불길이 번질 테니 그전에 병사를 제거해야 한다.

그는 사다리를 박차고 올라 적병에게로 보법을 밟았다.

파바바바밧!

공중으로 무려 3미터나 뛰어오른 그는 적 궁수의 목덜미에 단도를 꽂아 넣었다.

퍼억!

"끄우에에엑!"

요상한 소리를 내며 피를 쏟아낸 그는 결국 그 자리에서 목숨을 잃었고, 무혁은 성벽 위로 몸을 밀어 넣었다.

"으으윽!"

하지만 방패를 든 보병들이 그를 밀어내기 위해 사력을 다했다.

쿠그그그그그!

사각방패로 성벽을 막은 보병들이 있는 힘껏 태하를 밀어냈다.

"밀어라! 놈을 떨어뜨려 버려!"

"하나, 둘, 셋!"

"크윽!"

아무리 근력이 좋은 사내라고 해도 도대체 얼마나 되는지 알 수 없을 정도로 많은 병사의 군집을 밀기란 쉽지가 않았다.

잘못하면 뒤로 넘어가 아래로 떨어질 지경, 그는 다급한 마음에 방패로 장을 뻗었다.

"적백장!"

쾅!

"크허억!"

"뭐, 뭐야?"

"사람이 죽을 때가 다가오면 괴력이 생기는 법이다!"

일수에 열 명은 족히 성벽 아래로 밀려났으며, 방패는 다 찌그러져 다시는 쓸 수 없게 되었다.

이제 드디어 무혁에게 성벽을 오를 수 있는 기회가 생긴 셈이다.

"뚫었다!"

하지만 전장은 그리 쉽게 무혁을 받아주지 않았다.

핑핑핑!

퍼억!

"크허억!"

화살이 날아와 무혁의 갑주 이음새를 뚫고 들어갔고, 그는 갈비뼈에 화살이 박히는 치명타를 입고 말았다.

그러나 이대로 가만히 서서 병사들의 앞길을 막을 수는 없는 일이다.

"제기랄!"

그는 어쩔 수 없이 자신의 옆구리에 틀어박혀 있는 화살을 부러뜨렸다.

파박!

"끄아아아아악!"

뼈가 부러지는 느낌이 났지만 그는 멈추지 않았다.

"돌격!"

"와아아아아아!"

병사들을 이끌고 성벽 좌우를 밀어내기 위한 그의 돌격이 이어졌다.

*　　　　*　　　　*

공성전 시작 만 이틀 후.

피와 살, 뇌수와 내장이 즐비한 성벽 너머로 무혁의 모습이 보인다.

"……."

그는 축 늘어진 채 벽에 기대어 숨을 고르고 있었다.

무혁은 지금 갈비뼈가 무려 네 대나 부러졌고 화살이 폐부를 스쳐 내출혈이 생긴 상황이었다.

그나마 그가 무공을 익힌 사람이라 폐에 박힌 화살만 빼내면 목숨에는 지장이 없겠으나, 고통은 보통 사람이나 마찬가지였다.

"…빌어먹을 전장이군."

백전노장도 전장의 한복판에선 공포에 떨 수밖에 없다고 했다.

그 정도로 전장은 항상 치열하며 한 치 앞을 알 수 없을 정도로 각박하기 그지없기 때문이다.

잠시 후, 영국 본토에서 파견된 의사와 위생사들이 부상병들을 살피기 시작했다.

그중에서도 무혁은 의사들이 가장 먼저 찾는 전쟁영웅이었다.

"기사님!"

"…꽤 늦게 오셨구려."

"기상이 별로 좋지 않아서요. 그나저나 괜찮으신 겁니까? 안색이 좋지 않군요."

"옆구리에 화살이 박혔는데 멀쩡할 사람도 있습니까?"

"아아! 큰일이군요! 화살이 박히다니……."

"그래도 죽지는 않을 겁니다. 그러니 일단 박힌 화살부터 뺍시다."

의사들은 대부분 성당에서 파견된 신부들이었는데, 그들은 평생 동안 신학과 의술만 익혀 사람을 치료하는 덴 이골이 나 있었다.

하지만 그런 그들도 무혁이 쉽사리 나을 것이라고는 장담하지 못했다.

"박힌 화살을 뽑아내긴 할 겁니다만, 그렇다고 폐에 낭종이 생기지 말라는 법은 없습니다. 아시죠? 낭종이 생기면……."

"죽을 수도 있겠지요. 뭐, 각오하지 않은 것은 아닙니다. 그러니 어서 이 성가신 화살촉부터 좀 빼주시죠."

"알겠습니다."

무혁은 보르도에서 생산한 와인 한 병을 거꾸로 물었다.

꿀꺽!

술을 한 모금 넘겼으니 고통에 대한 내성이 조금은 생길지도 모른다.

그러나 이 세상에 생살을 찢는데 아무렇지도 않은 사람이 과연 얼마나 될까?

촤락!

"크윽……!"

"조금 아프실 겁니다. 하지만 어쩔 수 없어요."

"…압니다. 하던 것이나 마저 하십시오."

"예, 그럼 계속 진행하겠습니다."

의사와 위생사는 무혁의 옆구리에 박힌 화살을 차근차근 빼냈다.

＊　　　＊　　　＊

무혁이 옆구리를 내어주면서까지 전장에서 공을 쌓고 있을 동안 그의 집안은 무럭무럭 성장하여 페르시아를 비롯한 서아시아 일대 상권을 호령하는 거대 상업 집단이 되어 있었다.

유럽에서 건너온 곡식과 가공식품을 이곳에 팔고 서아시아 향료와 사치품을 사서 영국으로 돌아가면 상상을 초월하는 이문이 남는다.

이것은 최근 흑사병 등으로 유럽의 정세가 흉흉해지면서 곡물과 가공식품의 가격이 올랐기 때문인데, 앞으로도 당분간 이 여파는 계속될 전망이었다.

명화상단의 주인이자 무력 집단 명화방의 방주 천태는 페르시아 만에 명화방의 분타를 설치했다.

그리고 이 분타는 서서히 서아시아에서 중동아시아, 중앙아시아를 타고 그 세력을 넓혀나가는 중이다.

그는 명교를 명화방의 전신으로 삼고 세력을 넓히고 있었지만 일월신교의 교리를 굳이 전파하지는 않았다.

이제 그는 자신의 종교에 대해선 아무래도 큰 상관이 없다고 생각한 것이다.

천태는 이제 명화방의 일원을 들이는 데 단 한 가지 조건을 내걸었다.

그것은 바로 무와 협, 이 두 가지를 목숨처럼 여기는 자만이 명화방의 일원이 될 자격이 주어졌다.

하지만 명화방은 그리 만만한 집단이 아니었다.

최소한 화경의 경지나 그와 비슷한 실력을 갖지 아니한 자는 아예 명함을 내밀 수가 없었다.

그중에서도 가장 유명한 사람들은 단연 자객 집단 명화자객단이었다.

명화자객단은 서아시아와 중동아시아 인근에서 활동하던 자객들이 하나둘 모여들어 만들어진 곳인데, 그 실력이 가히 화경의 고수들을 뛰어넘고도 남았다.

중원의 당문이 독과 암기로 유명하다면 이들은 신체와 정신을 고도로 수련시켜 독과 암기가 없이도 사람을 충분히 암살할 수 있는 강인함을 지니고 있었다.

극쾌의 검술은 물론이거니와 방주 천태마저도 혀를 내두를 정도의 경공술은 타의 추종을 불허했다.

게다가 이들은 사막과 산악 지형에 모두 최적화된 생존 능력을 갖고 있기 때문에 한 달 동안 물 한 방울 없이도 살아남을 수 있었다.

이런 최고의 실력을 지닌 명화자객단은 명화단이 몸집을 불려나가는 데 혁혁한 공을 세우고 있었다.

음지의 명화자객단이 상단을 떠받치고 있다면 양지에는 명화검객단이 있었다.

명화검객단은 명화방이 원행을 나갈 때 표국의 짐꾼 겸 호위

무사로서 갖은 고생을 자처했다.

또한 전 세계 각지에 퍼져 있는 명화방의 여각에서 점소이 및 일꾼으로 일하면서 술과 음식을 제조하기도 했다.

한마디로 명화검객단은 명화방의 대외적인 신체를 구성하는 뼈와 살이라고 할 수 있었다.

명화검객단은 상단의 몸통이요, 명화자객단은 팔과 다리라고 할 수 있는 것이다.

그런 그들의 행보를 결정하고 자금을 유통, 변통하는 집단도 있었다.

그들의 이름은 바로 '매화단'이었다.

매화단은 오래전 몰락한 공손세가와 사마세가의 후손들이 서아시아로 유입되었다가 명화단에 귀의하면서 만들어졌다.

또한 얼마 전에는 하북의 팽가에게 멸문지화를 당할 뻔한 위지세가의 후손들이 방랑상단을 이끌고 매화단을 찾아왔다.

그 밖에도 상주초가나 산동악가 등 무림에서 세력을 잃고 서아시아로 유입된 세력들이 대거 찾아와 몸을 의탁했다.

매화단을 찾아온 사람들은 대부분 무를 숭상하는 무인이라기보다는 수와 셈, 지략과 계략에 능한 문인이었다.

학문에 능통하고 셈에 밝으며 사리 분별이 뚜렷해서 무슨 일이든 머리를 쓰는 일이라면 상당히 잘 수행했다.

그래서 명화방은 매화단을 분파로 정하고 그들에게 방의 정책이나 자금의 유동을 관리하도록 지시했다.

또한 매화단의 특징은 일부를 제외한 모든 사람이 모두 여자로 이뤄졌다는 사실이다.

매화단은 각 세력의 우두머리나 후지기수들이 모여서 만들어진 만큼 결단력 있고 강력한 추진력을 가지고 있었다.

이들은 방주 천태를 포함한 15명의 수뇌부가 내린 명령을 자신들의 정책으로 바꾸어 조직에 하달하는 역할을 수행했다.

거기에 각 수뇌부의 책사 역할까지 도맡았기 때문에 명화방에선 그녀들을 조직의 머리라고 불렀다.

굳이 따지자면 자금을 관리하고 정책을 하달하는 경리나 총무의 역할이라고나 할까?

그러나 명화검객단이나 명화자객단은 그녀들의 말이라면 껌뻑 죽는 순진한 사람들이니 어쩌면 매화단을 작은 두목쯤으로 생각하고 있는지도 몰랐다.

이렇게 하여 조직된 명화방은 점점 거대 세력으로서 체계를 갖춰가고 있었지만, 영국 왕실의 간섭을 피하기는 힘들었다.

애초에 명화방이 자리를 잡는 데 영국 왕실이 아주 결정적인 역할을 하였고, 방주의 손자이자 적통 후계자인 천무혁이 영국 왕실의 기사로 책봉되었기 때문이다.

천무혁의 기사 작위가 가져다준 안정적인 기반을 통해 장사를 조금 더 수월하게 할 수 있던 셈이니 어찌 보면 스스로 간섭을 자초한 것인지도 모른다.

아무튼 명화방은 조금 더 국제적인 조직으로 성장하고 있었지만 그 뿌리를 영국 왕실에게 사로잡혀 더 이상의 팽창은 힘들어 보였다.

명화방주 천태는 이 사태를 해결하기 위해 무혁에게 군에서 퇴역할 것을 권유하였으나, 그는 기사로서의 명예 때문에 쉽사리 퇴역을 결정하지 못하였다.

더군다나 지금은 백년전쟁이 계속되는 형국이기에 더더욱 군에서 나올 수가 없었다.

또한 최근에는 무혁의 공을 높게 산 왕실에서 차기 신흥귀족 후보로 그를 거론하고 있었기 때문에 귀족 등단의 묘한 기대감마저 생기는 중이었다.

그러나 천태는 아직도 무혁이 군에서 나와 상단으로 다시 돌아오기만을 바라고 있었다.

그는 왕실이라는 세력이 얼마나 냉정하고 비열하며 무인들을 하찮게 여기는지 잘 알고 있었다.

그 옛날 명교가 무너지던 날, 그는 폐관수련에 들어가 있었지만 교단의 말로에 대해서 너무나도 훤히 꿰뚫고 있었다.

언젠가 그는 명나라 황실에 충성한 것이 화근이 되어 피로 돌아올 것임을 짐작하고 있던 것이다.

영국 왕실 또한 무혁을 이용해 먹을 때까지 이용해 먹다가

버릴 것이라고 그는 확신했다.

"…답답한 현실이로군."

이제 구순에 접어든 천태는 슬슬 자신의 여생을 마감할 때가 되었다고 생각했다.

그 때문인지 손자의 행보가 더더욱 걱정이었다.

천태는 자신의 뇌에 깊게 자리 잡은 암 덩어리를 손으로 쿡쿡 눌러보았다.

"이제 거의 다 터질 때가 되었군."

지금 그의 상단전에는 엄지손가락만 한 암 덩어리가 우후죽순처럼 자라나고 있었다.

이것이 그의 상단전으로 향하는 혈도를 모두 다 눌러 더 이상 손쓸 겨를도 없이 죽음으로 향하는 질주를 거듭하고 있었다.

아마도 그는 앞으로 1년, 아니, 반년도 채 살지 못하고 죽을 것이다.

천태는 손자를 왕실에서 떼어내기 위한 방책을 세웠다.

"어쩔 수 없지."

그는 자신의 심복이자 명화자객단의 단주 핫산을 불러냈다.

"거기 있느냐?"

"예, 주군."

파바바밧!

허공에서 뚝 떨어진 핫산이 천태에게 부복했다.

그러자 그는 별다른 말 없이 그저 핫산에게 일의 시작을 알리는 붉은색 종이를 건넸다.

"조용히, 최대한 조용히 처리하라."

"예, 주군."

그는 다시 어둠에 녹아들었고, 천태는 조용히 눈을 돌려 창밖을 응시했다.

1. 흔적

　서울지검 공안부 자료실.

　끼익.

　굳게 닫혀 있던 자료실 문이 열리면서 작은 키의 여성이 들어섰다.

　그녀는 짙게 쌓여 있는 먼지 구덩이에 플래시를 비춰 자료실 순번표를 바라보았다.

　딸깍.

　"국사모, 국사모……"

　공안부 자료실에는 한국 정치계의 비자금 조성, 탈루 탈세의 모든 자료가 보관되어 있다.

또한 이것을 통하여 국가에 반역하거나 정치범들을 양성하는 세력들의 자료 역시 보관되어 있었다.

플래시를 비춰 자료실의 'ㄱ' 칸에서 '국사모'에 대한 파일을 찾아낸 그녀는 이내 미소를 지었다.

"여기 있었군."

이윽고 자리에서 일어선 그녀는 국사모 파일을 들고 자료실 구석에 있는 복사기로 향했다.

지이이잉.

원칙적으론 자료를 외부로 반출할 수 없었지만 공안부 소속 검사들의 경우엔 자신이 자료실에 다녀간 흔적만 남기면 자료를 일부 반출할 수도 있었다.

하지만 일주일 이내에 자료를 소각하고 그에 대한 여부를 증명해야 하기 때문에 후 처리 절차가 꽤나 까다롭다는 단점이 있었다.

그녀는 국사모 파일을 모두 다 복사한 후 그것을 두꺼운 pp끈으로 묶어서 자료실을 나섰다.

철컹!

공안부 자료실은 예로부터 검사들의 성역 같은 곳으로 여겨졌지만 지금은 그저 오래된 도서관 그 이상도 그 이하도 아닌 존재가 되어버렸다.

그러나 여전히 이곳은 공안부가 출발하던 시점부터 지금까지 쌓아둔 모든 자료를 보관한 정보의 요람이라고 할 수 있었다.

그녀는 자료실의 문을 굳게 걸어 잠근 후, 자료실 입구에 비치되어 있는 장부에 자신의 이름을 적어 넣었다.

공안부 검사 박유주

유주는 서울지검 지하실에서 빠져나와 사람들이 많은 휴게실로 향했다.

뚜벅뚜벅.

서울지검 지하실 가장 끝 층에는 공안부 자료실과 함께 옛 고문실이 줄을 지어 늘어서 있다.

물론 지금은 이 고문실들이 사용되지 않고 창고로 사용되고 있지만 여전히 을씨년스러운 분위기가 물씬 풍겨나고 있었다.

유주는 이곳을 지날 때마다 등골이 서늘해지는 것을 느꼈다.

"…매번 느끼는 것이지만 기분이 이상해. 꼭 못 올 곳에 온 것 같은 생각이 든단 말이지."

아마도 공안은 이곳에 고문실을 만들 때 고문을 받는 사람의 심리까지 고려해서 만들었을 것이다.

공포감 조성이 되어 있어야 고문을 받기 전부터 심장이 요동

칠 것이고, 그래야 자백이 조금 더 쉬워질 것이기 때문이다.

하지만 그런 이유를 제외하더라도 공안부 고문실은 소름이 끼치는 냄새로 진동했다.

그 때문에 검사들은 이곳에 들어서는 것을 극도로 꺼렸다.

최대한 빨리 지하실에서 빠져나온 유주는 햇살이 가득한 야외 휴게실에 도착했다.

"휴우, 죽을 뻔했네!"

검찰청 내에서도 골통검사로 유명한 유주이지만 그녀 역시 사람인지라 꺼림칙한 것은 그리 달갑지가 않다.

이제 햇살 아래 앉아 자료만 훑어보면 되는 유주이다.

쏴아아아아!

산들바람을 앞에 둔 채 자료를 읽어나가던 유주는 국사모 파일 첫 장을 넘겼다.

*   *   *

제주도 소재의 한 지하실.

촤락!

"쿨럭쿨럭!"

얼굴에 물을 한 바가지나 맞은 김태형이 기침을 해대며 물을 뱉어냈다.

태하는 그런 그의 뺨을 살짝 때리며 말했다.

짝짝.

"어이, 동생님. 이 형님을 봤으면 인사를 해야지, 그렇게 잠만 자면 쓰나?"

"태, 태하 형! 내, 내가 잘못했어! 나에게 왜 이러는 것인지 잘 알지만, 그건 결코 내가 원해서 한 일이 아니었다고!"

태하는 실소를 흘렸다.

"훗, 웃기지도 않는 놈이군. 네가 원해서 한 일이 아닌데 이 형을 처참하게 죽일 생각을 했다고?"

"저, 정말이야! 나는 태우 형이 시킨 대로 한 죄밖에 없어!"

산발이 되어 눈물콧물 다 짜내는 그를 보고 있자니 한심해서 웃음밖에 나오지 않는 태하였다.

그는 지금까지 그가 벌인 일에 대한 결과를 말해주었다.

"너 때문에 우리 부모님은 지금 돌아가셔서 시신도 제대로 찾을 수 없다. 나는 그런 부모님의 장례조차 제대로 지내지 못했어. 내 동생은 간신히 살아남아 목숨을 이어나가고 있지만 매일 밤마다 끔찍한 악몽에 시달리느라 제대로 잠도 못 자. 얼마나 심각한 상태면 신경쇠약까지 왔겠어?"

"……."

"그뿐인 줄 아냐? 태희 남매들은 부모님을 잃은 것으로 모자라 강제로 마약에 찌들어 몸을 팔게 되었어. 처음 보는 사내들에게 몸을 허락하고 돈을 받는 일을 했다고. 그럼에도 불구하고 돈 한 푼 벌지 못했지. 왜 그런 줄 알아? 너희들이 마약상인들을 통해 그녀들을 팔아먹은 대가로 엄청난 빚을 지고 있었거든. 아마 내가 그녀들을 구하지 못했다면 지금쯤 산송장이 되어 장기 적출을 기다리고 있었겠지."

지금까지 태형이 벌인 일을 낱낱이 다 파헤치자면 밤을 새워도 모자라겠지만, 가장 큰 죄목은 이 정도였다.

태하는 태형에게 이 일에 대한 자세한 내막에 대해 물었다.

"좋아, 내가 너를 살려줄지 말지에 대한 결정은 네가 하는 얘기를 들어보고 판단하겠다."

"…무엇이든 물어봐도 좋아."

"이 일에 고모와 고모부도 연관이 되어 있나?"

"부모님은 몰라. 그냥 나와 태우 형, 삼촌만 연관되어 있을 뿐이지."

"고모는 연관이 없다. 그걸 지금 나더러 믿으라는 거냐?"

"저, 정말이야! 내가 사장 직함 한번 얻어보겠다고 혼자서 꾸민 일이라고!"

태형의 모친은 대한그룹의 우량계열사인 대한반도체정밀을 떼어내 따로 분가했다.

원래 그녀는 김태평 회장의 배다른 동생이지만, 김태평 회장은 그녀를 친형제보다 더 끔찍이 여겼다.

하지만 그녀는 친모가 첩이었다는 콤플렉스 때문에 집안에 남지 못하고 떠돌이 생활을 했다.

그러다 집안에서 자신이 가질 수 있는 최대한의 지분을 털어서 회사를 인수해 분가를 감행한 것이다.

핸드폰과 컴퓨터 산업으로 진출하여 2000년대 중반에 자리를 잡은 대한반도체정밀이지만 각종 영업 악재와 연이은 매출 부진으로 인하여 부도와의 전쟁을 벌이고 있었다.

이런 악전고투 속에서 그녀가 붙잡을 수 있는 유일한 동아줄은 다름 아닌 김태평 회장이었을 테니 범죄를 벌였다고 해도 무리는 아니었다.

그러나 그는 자신의 목숨을 걸고 부모님의 결백을 주장한다.

"…만약 내 말이 거짓이라면 내 목숨을 끊어도 좋아. 어차피 형에겐 그 정도 여유쯤은 있을 것 아니야?"

"또 약을 파는군."

태하는 그의 뺨을 거칠게 후려쳤다.

짜악!

"으윽!"

"이런 개새끼, 내가 조사하는 동안 빠져나갈 구멍을 찾아보려 머리를 굴리는구나."

"아, 아니, 그게 아니고……."

"아직도 정신을 못 차렸지? 아주 죽기 작전까지 처맞아야 정신을 차릴 모양이구나."

어쩌면 태하의 고모 김정란은 정말로 결백한 사람일 수도 있었다.

하지만 그는 김정란이 이 사건에 전혀 관여하지 않았다고 생각하지 않았다.

태하의 아버지는 그녀를 끔찍이 아꼈지만 반대로 김정란은 김태평 회장을 증오하다 못해 치를 떨었기 때문이다.

증거는 없지만 아마 이번 일이 벌어지기 전, 그녀는 오히려 자신이 앞장서서 김태평을 죽이자고 제안했을 가능성이 높다.

그 정도로 그녀는 욕심이 많고 성공을 위해서라면 물불을 가리지 않는 사람이었다.

태하는 김태형에게 제안을 하나 했다.

"내가 너에게 선택지를 주겠다. 어머니의 죄를 낱낱이 다 고하고 스스로 자결하든지, 아니면 가족들과 함께 사설 감옥에 들어가 죽을 때까지 오순도순 지내든지 양단간에 결정을 내려라."

"가, 감옥?"

"사설 감옥이지만 군만두만 주는 그런 곳은 아니다. 가끔씩 햄버거도 주고 야채도 준다. 원한다면 책을 한 권씩 넣어줄 수도 있지."

이들을 죽인다면 아주 손쉽게 복수를 이뤄낼 수 있을 것이다.

하지만 태하는 그렇게 손쉽게 이들을 죽이는 것으론 부모님에 대한 복수를 진정으로 이루는 것이 아니라고 생각했다.

태하의 제안이 다소 황당하게 들리긴 했지만 그의 눈빛은 이것이 거짓부렁이나 농담이 아니라는 것을 잘 알고 있었다.

그는 고뇌에 빠질 수밖에 없었다.

차라리 공설 감옥에 들어가면 형기라도 정해질 텐데, 사설 감옥의 경우엔 그런 희망적인 부분이 아예 존재하지 않았다.

그 안에서 병에 걸려 죽지 않으면 다행일 터, 김태형은 고민에 고민을 거듭할 수밖에 없었다.

"어때? 마음의 결정을 내리지 못하겠나? 내가 결정을 내려줘?"

"…아니, 결정했어."

"생각보단 빠르군."

"똥밭에서 굴러도 이승이 낫다고, 형의 말처럼 사설 감옥에서 오순도순 살아볼게."

"그래, 살아 있다는 것이 어디야? 나중에 때가 되면 알아서 풀어줄 수도 있는 일이고. 안 그래?"

"…그건 그렇지."

태하는 그에게 노트와 볼펜을 건네며 말했다.

"이곳에 고모의 죄에 대해 아주 상세히 기술하고 네가 알고 있는 국사모에 대한 정보를 적어놓아라. 아참, 그리고 남은 김정문의 비자금에 대해서도 다 적어놓고."

"기, 김정문의 비자금까지?"

마지막 남은 보루를 빼앗겼다는 듯 절망에 빠진 표정을 짓는 그를 바라보며 태하가 물었다.

"왜? 김정문의 비자금 말고 네 장기들의 수를 헤아려 볼까?"

"아, 아니야! 전혀 그렇지 않아! 형의 말대로 할게."

"그래, 잘 생각했다. 아주 상 미친놈은 아니군."

"……."

김태형은 태하가 시키는 대로 노트에 어머니의 죄목과 함께 김정문의 비자금에 대해 기술하기 시작했다.

*　　　*　　　*

대한그룹 본사 회장실.

김충평이 앉아 업무에 열중하고 있다.

슥슥슥.

그는 자신이 대학 시절에 사용하던 만년필을 아직까지 사용하고 있었는데, 이것은 자신의 초심을 잃지 않겠다는 젊은 날의 다짐이었다.

젊어서 그는 자신이 최고의 남자가 되겠노라 다짐했고, 그것을 이루기 위해 불철주야 노력했다.

그리고 지금의 자리에 올랐으며, 다신 이 자리를 빼앗기지 않기 위해 최선을 다하는 중이다.

김충평은 현재 태하와 태린의 명의로 되어 있는 지분을 다시 자신에게 돌리기 위한 정기주주총회를 준비하고 있었다.

현재 그가 가진 주식만으론 경영권 방어가 어려워질 시기가 분명히 올 테니 자리를 굳건히 지키기 위해선 분산된 사장 주식을 회수하는 수밖에 없었다.

그는 요즘 태하의 지분이 가장 많이 투여되어 있는 대한자동차와 대한건설의 빅딜을 진행하는 중이다.

대한자동차의 상무이사 박태령을 시작으로 전무이사 정석휘, 재무이사 최준필, 대표이사 이정문까지, 그는 모든 수뇌부를 쳐내고 자신이 직접 회사를 이끌겠다고 선언했다.

이것은 김충평이 살아남기 위한 일종의 수단이기도 했다.

지금까지 대한자동차의 임원들은 임시회장인 김충평이 인사에 대한 사안을 발의할 때마다 태클을 걸어왔다.

심지어 최근에는 임시회장으로서 상무이사를 교체하겠다는 안건을 발의했다가 주주총회에서 참패하는 경우가 있을 정도였다.

이제 더 이상 그에게 끌려 다녀선 도저히 답이 없었다.

그래서 회사의 구조조정을 위한 빅딜을 감행함으로써 지배 구조를 아예 바꿔 버리려는 계획을 세운 것이다.

지금 김충평은 빅딜에 대한 사안을 이사회 안건으로 정해놓고 그것을 주주총회 의제로 제시할 생각이다.

그러나 여전히 대한자동차의 임원들이 경쟁 구도에서 이길 확률은 얼마든지 있었다.

대한그룹은 지주회사인 대한정밀이 휘하의 계열사들을 소자본으로 휘어잡고 있는 구조이다.

주주의 주권 행사를 연쇄적으로 행사하여 대한정밀에 대한 출자만으로도 회장이 그룹을 총괄할 수 있는 정책을 가지고 있다는 소리이다.

하지만 대한그룹은 몇 개의 계열사가 독보적인 세력을 구축하여 자회사이면서 동시에 한 지붕 아래 또 다른 지주회사로 자리매김하고 있었다.

대한그룹의 오른팔이라고 불리는 대한자동차와 비장의 무기인 대한건설은 본사에 대한 지분 1.5%를 소유하고 있으면서도 다섯 개 계열사의 주식 40%씩을 보유하고 있었다.

이로써 대한자동차와 대한건설은 각각 다섯 개의 계열사를 가진 소지주회사로 군림할 수 있었다.

대한자동차와 대한건설의 그룹 전체 지분이 대한정밀에 한참 미치지 못하긴 하지만 그렇다고 힘이 아주 없는 기업은 아니라는 소리였다.

이 회사들이 이런 모양새를 갖추게 된 것은 전 회장 김태평의 IMF 타계법 때문이었다.

IMF 외환위기가 닥친 1990년대 중반, 대한그룹은 정부의 압박에 의해 대규모 빅딜을 시행할 수밖에 없었다.

한데 당시 대한그룹이 가지고 있던 회사들은 대부분 그룹의 주력 사업이었기 때문에 빅딜 시행이 불가했다.

이에 김태평 회장은 대한자동차와 대한건설에 막대한 자본을 투자하여 지주회사 아래에 소지주회사들이 존립할 수 있는 환경을 만들어주었다.

이 과정에서 대한정밀의 지분이 다소 흩어져 계열사 사장들의 지분이 사방에 난립하는 사태가 벌어졌지만, 그는 차츰차츰 다시 그 지분들을 회수하여 그룹을 안정시켰다.

이로써 소지주회자들이 지주회사를 떠받들고 그 아래 계열사들이 대한정밀로 자금을 환송시켜 그룹을 유지시키는 새로운 구조의 회사가 탄생한 것이다.

이때 김태평 회장은 대한자동차와 대한건설을 빅딜에서 빼내고 다시 힘을 키우는 한편, 그 힘을 태하에게로 실어주는 계획을 세웠다.

그것은 바로 태하의 총괄이사 취임과 동시에 대한자동차와 대한건설 주식 45%를 증여한 일이었다.

원래 태하는 회장의 후계자로서 총괄이사의 몫 전체 지분

4.5%를 상속 받게 되어 있었다.

이 지분은 모두 건설과 자동차로 환전되어 그에게 돌아갔고, 그로 인하여 태하는 대한자동차와 건설사의 최대주주가 될 수 있었던 것이다.

당시 김충평은 부회장 자리에 있으면서 국내 기반사업인 전자와 중공업 등에 몰두하고 있었다.

그 역시 앞으로 일이 어떻게 될지 모르는 상황에서 아들에게 남겨줄 회사들을 차츰차츰 정리하고 있었던 것이다.

하지만 그가 거느릴 수 있는 회사는 한정되어 있었고, 결국엔 반쪽짜리 대주주에 머물 수밖에 없었다.

만약 태하가 지분권을 행사할 수만 있었다면 두 개의 주력 회사가 계열 분리를 선언해도 전혀 이상할 것이 없다는 소리였다.

그는 아랫입술을 짓씹었다.

"…그때 형님의 의도를 눈치채고 상속을 저지해야 했다. 내가 어리석었어."

김충평은 책상에 앉아 가만히 업무를 보기엔 속이 너무 좋지 않아졌다.

"제길."

회장실에 비치되어 있는 최고급 위스키를 한 병 개봉한 그는 얼음이 들어 있지 않은 마른 잔에 술을 채웠다.

쪼르르르.

크리스털 잔을 가득 채운 그는 그것을 마치 물처럼 벌컥벌컥
들이켰다.

꿀꺽꿀꺽!

"후우, 좀 낫군."

술이 목구멍으로 넘어가고 나니 속이 조금 진정되는 것 같은
김충평이다.

하지만 여전히 그의 고민은 꼬리에 꼬리를 물고 있었다.

"이정문이 또다시 주주총회에서 승리를 거두게 된다면 큰일
인데……."

만약 이번 의제를 통과시키지 못하게 되면 그의 지지 기반은
더더욱 약해져서 무슨 일이 일어날지 전혀 알 수가 없었다.

그는 대한자동차의 계열사인 청성물산과 제약을 정리하고 그
자금을 다시 본사로 회수한다는 정책을 수립하는 중이다.

또한 그와 동시에 사장단 인사 교체를 단행하여 회사의 내실
을 다지겠다는 의지를 불태웠다.

하지만 그것은 그저 그의 바람일 뿐, 이정문은 또다시 주주
들과 이사들을 선동하여 그에게 반박할 것이 분명했다.

겉으로 보기엔 그의 행동이 반역 행위 같지만, 사실상은 주
주총회와 이사회에서 힘의 균형을 유지하는 오묘한 조율 작용
을 하고 있었다.

때문에 김충평을 지지하지 않던 주주들과 이사들이 자연스럽게 반발에 한 수를 던진 것이다.

그가 의제를 제시했을 경우, 이사회는 몰라도 주주총회에선 가결이 될 공산이 컸다.

한마디로 이정문 한 사람 때문에 회사를 경영하는 데 큰 차질이 빗어지고 있었던 것이다.

"이정문… 어쩔 수 없군."

자리에서 일어선 그가 창문을 열어 바깥으로 살며시 고개를 내밀었다.

휘이이이잉!

차가운 바람이 그의 머리를 스치자, 생각이 조금은 정리되는 것 같았다.

그는 결심했다는 듯이 인터폰을 연결시켰다.

"총괄이사 들라고 하게."

―예, 회장님.

현 총괄이사이자 차기 부회장인 김태우가 문을 열고 들어섰다.

"부르셨습니까?"

"아직 회사에 남아 있었구나."

"처리할 안건들이 좀 있어서 말입니다."

"그렇군."

김충평은 그에게 아주 짧고 간결한 어투로 말했다.

"태형이와 함께 네가 일을 하나 더 해주어야겠다."

"일이요?"

"이정문을 제거해야 할 것 같다."

순간, 그의 표정이 아주 미묘하게 일그러졌다.

"…이정문을 도대체 어떤 식으로 제거하자는 말씀이십니까? 이미 그는 독자적인 세력을 구축했습니다. 지금 그가 없어지게 되면 주주들이 우리에게 의혹을 제기할지도 모릅니다. 그것은 크나큰 타격이 될 것이란 말이지요."

"그래, 처음엔 의혹이 제기되겠지. 하지만 시간은 우리 편이다. 언젠가는 저들의 전신이 우리에게 흡수되게 되어 있어. 태하가 사라지고 난 후 회사는 어땠느냐?"

"모두가 우리를 의심했지요."

"그런데 지금은?"

"하지만……."

"역사는 승자에 의해 쓰이는 것이다. 그것을 명심하도록."

가만히 그의 얘기를 듣고 있던 김태우는 정중히 고개를 숙였다.

"…죄송합니다만, 다시 한 번 피를 묻힐 수는 없습니다."

"뭐라?"

"이미 우리는 너무 많은 피를 보았습니다. 더 이상 피를 보게 된다면 경찰에서 가만있지 않을 겁니다."

김충평은 가만히 소파에 몸을 묻고 앉아 자신이 키운 아들을 바라보았다.

자신의 눈과 코, 입을 닮은 그는 성격도 꼭 빼닮았다.

때문에 그의 충직한 수족이 되어 일하는 아들이지만, 반대로 생각하면 그 역시 또 하나의 태양을 꿈꾸고 있다는 소리였다.

순간, 김충평이 자리에서 일어나 아들의 뺨을 사정없이 후려 갈겼다.

짜악! 짜악!

"아, 아버지?"

"…개가 주인의 말을 듣지 않게 되면 어떻게 되는지 아느냐? 그 목줄을 끊고 가죽을 벗겨 고기로 만들어 버린다."

"……."

"주인을 물고 쓸데없이 짖는 개는 필요가 없다는 소리다. 내가 무슨 말을 하는지 잘 알겠지?"

아들은 자신이 유일한 대안이라는 사실을 믿고 스스로의 의견을 조금이라도 더 피력하기 위해 힘썼다.

그래야 자신이 이곳 대한그룹에 서 있을 자리를 마련할 수 있다고 믿기 때문이었다.

하지만 그것은 그의 착각에 불과했다.

김충평은 아들의 머리를 아주 천천히 쓰다듬으며 말했다.

"하늘 위의 태양은 하나다. 알겠느냐? 태양은 두 개가 될 수 없으며, 그래선 안 되는 것이다."

"죄송합니다. 제 생각이 짧았습니다."

"끝까지 자신을 낮추고 죽을 때까지 기회를 엿보는 것이다. 그래야 진정 자신이 원하는 것을 얻을 수 있다. 알겠느냐?"

"예, 아버지."

이윽고 김충평은 김태우를 자리에서 일으켰다.

"가라. 가서 내가 지시한 일을 처리하도록 해라."

"예, 알겠습니다."

그가 따귀를 때린 순간부터 김태우는 조금 더 자극을 받아 유기적으로 움직이게 될 것이다.

김충평은 그에게서 일어날 변화들이 자신을 살찌우는 일이라고 믿어 의심치 않았다.

그리고 앞으로 대대손손 이 기업을 직접 일구면서 자신의 이름을 기억하게 될 것이라고 확신했다.

'이제 곧 진짜 나의 세상이 찾아올 것이다!'

그의 눈동자에 이채가 서리는 것 같았다.

*　　　　*　　　　*

─고객님께서 전화를 받지 않아…….

벌써 네 번째 같은 번호로 전화를 건 태우였지만 상대방과의 전화 연결에 실패하고 있었다.

"이런 빌어먹을, 도대체 왜 전화를 받지 않는 거야?"

안 그래도 아버지와 빚은 아주 약간의 불화 때문에 기분이 좋지 않은 태우였다.

만약 계속해서 상대방이 전화를 받지 않는다면 무척이나 화가 날 것 같았다.

하지만 바로 그때, 그에게로 상대방이 전화를 걸어왔다.

[세라]

그는 아주 격양된 목소리로 전화를 받았다.

"젠장, 도대체 몇 번을 해야 전화를 받는 거야! 지금 어디야!"

─친정에 잠깐 왔어. 무슨 일이기에 이렇게까지 전화를 하는 거지?

"…우리는 부부야. 남편이 아내에게 전화를 거는 데 굳이 용건이 필요한가?"

─그거야 일반적인 부부의 경우에 해당되는 말이지. 당신과 나는 이미 보통의 부부와는 다른 상황에 처해 있잖아?

"……"

복잡한 심경을 토로할 사람이 하나도 없다는 것은 극의 고독에 빠져들 수 있다는 것을 의미한다.

태우 역시 자신의 속내를 털어놓을 사람이 있었으면 좋겠다고 생각했다.

그래서 자신과 정신적 교감이 없는 것을 알면서도 그녀에게 조금은 기대고 싶은 마음을 가지게 되었다.

하지만 처음부터 그녀는 태우에게 빈틈을 보여주지 않았고, 지금도 역시 그런 태도를 고수하고 있었다.

그는 입술을 짓깨물었다.

"만약 태하가 앞에 나타난다면 나를 버리고 놈에게 갈 수도 있다는 투로 들리는군."

─…태하와의 일은 이미 추억으로 묻었어. 어차피 버스는 떠났고, 이젠 나와 상관없는 사람이야. 하지만 그렇다고 당신과 내가 오순도순 살 수 있는 것은 아니야.

그는 아직도 태하의 그림자가 자신을 짓밟고 있다고 생각했다. 그래서 이따금 연락이 되지 않으면 불안해서 미쳐 버릴 것만 같았다.

─아무튼 고인은 그만 들먹이고 용건이나 말하라고. 무슨 일이야? 정말 그냥 아내에게 전화를 건 남편으로서 수화기를 든 거야?

"…어차피 지금은 무슨 얘기를 해도 대화가 되지 않을 것 같군. 집에서 얘기하도록 하지."

─그거 힘들 것 같은데? 오늘은 친정에서 하루 지내고 집으

로 들어갈 생각이거든.

"뭐라? 외박하겠다는 건가!"

─친정에서 자는 것도 외박으로 치나?

"……."

─아무튼 나는 오늘 집에 들어가지 않을 테니까 혼자 들어가서 자든지, 어디 가서 술을 마시든지 마음대로 해. 뭐, 여자를 만나고 싶다면 그렇게 하든지.

이미 그녀는 더 이상 결혼생활을 유지하고 싶은 생각이 없는 사람 같았다.

아니, 어쩌면 이 껍데기만 남은 결혼생활을 계속 영유하고 싶은 사람은 태우 한 사람뿐인지도 몰랐다.

그는 아무런 말도 없이 전화를 끊어버렸다.

뚜우─

태우는 태하의 그림자에 아직도 자신이 뒤지고 있다는 생각에 격분했다.

쾅!

"빌어먹을 자식! 죽어서까지 사람 속을 썩이는군!"

어려서부터 지금까지 단 한 번도 태하를 뛰어넘어 본 적이 없는 그는 스스로 자괴감에 빠져들었다.

하지만 이대로 분노와 감상에 젖어들 수는 없는 노릇이었다.

그는 이내 사촌동생 태형에게 전화를 걸었다.

*　　　　*　　　　*

　제주도의 지하실에서 자리를 옮긴 태하는 태형을 김포로 옮겼다.

　이제부터 그는 김포의 지하실에서 태하에게 정보를 제공해주고 사실이 모두 확인되면 사설 감옥으로 들어갈 것이다.

　지이이이잉!

　태하는 자신이 들고 있는 태형의 핸드폰 수신 내역을 확인해 보았다.

　[김태우]

　그는 이 김태우가 자신이 알고 있는 그 김태우라는 사실을 알 수 있었다.

　"오랜만에 보는 전화번호군."

　"아직도 놈의 전화번호를 기억하고 계셨군요."

　"어떻게 잊겠나?"

　요즘 대부분의 젊은이들은 자신의 전화번호가 아니면 거의 모든 번호를 외우지 않고 핸드폰에 저장하고 다닌다.

　그래서 핸드폰을 잃어버리면 아는 번호가 별로 남아 있지 않게 된다.

　하지만 태하가 한창 처음 핸드폰을 만지던 시절엔 호출기와 개인사서함을 더 많이 사용했다.

때문에 잘 사용하지 않는 번호는 전화번호부에 적어놓고 자주 사용하는 번호는 대부분 외우고 다녔다.

태하는 원래 자신과 가장 친한 친구이던 태우의 번호를 습관처럼 머릿속에 외우고 다니면서 생활했다.

지금도 그 기억이 남아 있어 태우의 번호를 똑똑히 기억하고 있는 것이다.

그는 태형에게 전화를 넘겼다.

"어떻게 대처해야 할지는 네가 가장 잘 알 것이라고 생각한다."

"…물론이지."

이윽고 전화를 받은 그는 평소와 같은 목소리와 톤으로 말했다.

"김태형입니다."

―나다. 지금 어디야?

"잠깐 제주도에 내려왔어."

―제주도? 갑자기 무슨 제주도?

"개인 투자사업 때문에 볼일이 좀 있어서 말이야."

―세월 참 좋군. 이 시기에 개인 투자사업이나 열고 다니고 말이야.

"나도 먹고살아야 할 것 아니야. 혼자서 후계자 자릴 꿰차고

앓으면 단가? 나는 뭐 손가락 빨면서 살라고?"

―…주제 넘는 소리를 하는군.

"쳐내고 싶으면 쳐내든지."

요즘 두 사람은 사이가 무척이나 좋지 않기 때문에 어지간하면 얼굴 보는 일은 자제하는 편이었다.

수화기 너머로도 이렇게 찬바람이 쌩쌩 부는데, 얼굴을 마주하면 얼마나 불편할지는 불을 보듯 뻔한 일이었다.

"용건이 뭐야?"

―할 일이 있다. 블루문 말고 칼 잘 쓰는 놈들 좀 섭외해 봐.

"또 누군가 죽일 일이 있나?"

―아버지께서 이정문을 제거하라고 하셨다. 지금 당장 움직여야 한다.

순간 태하의 얼굴이 와락 일그러졌다.

지금 태하가 당장 재계로 복귀한다면 가장 먼저 그에게 힘을 실어줄 사람이 바로 이정문이다.

비록 성격이 별로 좋지 않은 사람이긴 하지만 무엇이 진정으로 옳은지 판단할 수 있는 몇 안 되는 사람 중 하나였다.

앞으로 태하가 복귀하는 데 있어 가장 큰 도움이 될 사람이기도 하다.

일단 태하는 고개를 끄덕인다.

"알겠어. 지금 알아보도록 하지."

—최대한 빨리 움직여. 회장님 기분이 그다지 좋지 않은 것 같아.

"일단 무슨 소리인지 알았으니 조금만 기다려."

—그래, 알았다.

이윽고 전화를 끊은 김태우를 두고 태형이 낮게 깔린 목소리로 말했다.

"어쩐지 수세에 몰린 것 같군."

"숙부에겐 모든 사람이 장기판 위의 말이다. 자신의 아들이라고 해도 마음에 들지 않으면 쳐내고도 남을 위인이지."

태하는 그에게 넙치파 보스를 호출하도록 명령했다.

"이번 기회에 아주 다 쓸어 버리도록 하지. 박창명을 호출해."

"알겠어."

그는 태하가 시키는 대로 박창명에게 전화를 걸어 약속 장소를 전달했다.

2. 묵은 때를 벗겨내다

인천의 한 횟집에 태하와 박창명이 함께 들어가 있다.

쪼르르르.

박창명은 김태형의 대리인으로 자신을 찾아온 태하에게 술을 한 잔 따르며 물었다.

"보아 하니 외국에서 온 사람 같은데 한국어를 무척이나 잘하는군."

"비즈니스를 위해서라면 이 정도 언어쯤은 당연히 습득하고 있어야겠지요."

태하는 얼굴 곳곳에 칼자국이 가득한 박창명을 바라보며 속으로 이를 바득바득 갈았다.

'이놈이 바로 어머니와 아버지를 죽인 장본인.'

이들은 태하의 부모님을 시해한 장면을 모두 사진으로 남겨 태우와 태형에게 전달해 주었다.

때문에 태하는 어떤 누가 태하의 부모님을 해한 것인지 정확하게 알고 있었다.

생각 같아선 지금 당장 목을 확 비틀어 버리고 싶었지만 초인적인 인내심으로 그것을 억누르는 태하였다.

그는 아주 냉철한 어투로 말했다.

"이정문 사장을 알고 계십니까?"

"대한자동차 대표이사가 아닌가?"

태하는 그에게 이정문의 프로필을 건네며 말했다.

"당신도 익히 아는 이 사람이 이번 타깃입니다. 선금으로 10억, 성공하면 20억을 추가로 지급하겠습니다."

"뭐, 좋수다. 사람 한 명 잡아 죽이는 것이 뭐 그리 어렵겠어?"

지금까지 박창명은 수도 없이 많은 사람을 납치하고 감금하거나 죽였다.

그런 그에게 이정문처럼 평생 회사를 경영하는 것밖엔 모르는 샐러리맨을 살해하는 것은 식은 죽 먹기였다.

그는 돈을 공으로 먹을 기회가 생겼다며 기뻐했다.

"후후, 간만에 손 안 대고 코 풀게 생겼군. 기한은?"

"삼 일 후입니다. 그때까지 일을 처리해 주실 수 있겠지요?"

"물론이지."

태하는 그에게 무기명채권 10억을 건넸다.

"받으십시오. 깔끔한 돈입니다."

"후후, 고맙군."

어차피 다시 태하에게 돌아올 돈이지만 우선은 받는 박창명의 기분은 아주 좋아진 것 같았다.

그는 자리에서 일어나며 호탕한 어투로 태하에게 말했다.

"오늘 당장 움직일 것은 아니니 밖으로 나가서 좋은 술이나 한잔해야겠군. 어이, 심부름꾼 양반. 함께 한잔하는 것은 어때?"

태하는 고개를 가로저었다.

"바쁩니다. 술을 마실 시간은 사실상 없네요."

"쳇, 콧대가 높은 사람이군. 뭐, 그럼 좋을 대로."

이윽고 술집을 나선 그의 뒷모습을 바라보며 태하가 싸늘하게 표정을 굳혔다.

드르르르르륵!

"네놈은 곱게 죽이지 않을 것이다."

살기로 인해 테이블까지 떨리고 있었지만, 태하는 여전히 화를 삭일 기미를 보이지 못했다.

하지만 이내 가까스로 그것을 다스려 또 한 번 대량의 진기를 심장 안에 갈무리할 수 있었다.

역마경의 경지에 오른 태하에게 증오는 희석과 동시에 내력으로 바뀔 감정이지만 부모님에 대한 일은 그렇지 못했다.

이번에 생긴 진기는 평소보다 조금 탁해서 당분간 정화시켜야 할 것 같았다.

아무래도 부모님에 대한 일은 아무리 역마의 경지에 오른 태하라도 어찌할 수 없는 모양이었다.

'조만간 복수의 파티를 벌여주마!'

그는 속으로 복수의 칼날을 갈았다.

＊　　　＊　　　＊

서울 대치동의 한 아파트 단지 앞.

쏴아아아아!

수심에 가득 찬 이정문이 내리는 빗물을 바라보고 있었다.

"······."

그는 자신에게 주어진 대표이사라는 자리를 두고 몇 번이고 이민을 생각했는지 모른다.

태하가 죽고 나서 지금까지 김태우와 그 일행은 하루가 멀다 하고 자꾸만 외압을 행사해 왔다.

물론 그의 뚝심 있는 경영철학 때문에 지금까지 버티고 있긴 하지만 인간에겐 한계라는 것이 분명 존재했다.

주인이 없는 회사를 홀로 지킨다는 것은 그리 쉬운 일이 아니었다.

지주회사의 압박으로 인해 자금 사정이 좋아지지 않는 것은 물론이요, 최근에는 빅딜정책까지 도입하려 정책을 발의하기까지 했다.

빅딜이 성공하게 되면 지금 대한자동차의 규모는 대략 1/5까지 잘려나갈 것이다.

그때 회사의 중역은 대거 힘을 잃게 될 것이고, 이정문은 팔과 다리를 잃는 것이나 마찬가지 신세가 된다.

그는 한숨을 푹 내쉬었다.

"젠장, 태하 군은 지금 어디서 무얼 하고 있는 것인지……."

그는 집으로 들어가려다 그냥 홀로 술이나 한잔하기로 했다.

뚜벅뚜벅.

운전기사까지 집으로 돌려보냈으니 술집까지는 도보로 이동해야 한다.

서류가방으로 대충 머리만 가린 그는 느긋한 걸음으로 인근 번화가로 발걸음을 옮기기 시작했다.

그러나 그는 얼마 지나지 않아 발걸음을 멈출 수밖에 없었다.

툭!

지나가던 행인이 그의 어깨를 치고 지나가는 바람에 몸이 뒤로 밀려 버린 것이다.

그는 당장 자리에서 일어나 행인에게 고개를 숙였다.

"미안합니다. 내가 요즘 정신이 좀 없어서……."

환갑을 훌쩍 넘긴 이정문이지만 신원 미상의 청년에게 먼저 사과를 건넸다.

하지만 청년은 아무런 말이 없었다.

"……."

"…다친 곳 업으면 먼저 갑니다."

그는 속으로 청년의 흉을 보았다.

'요즘 젊은이들은 버릇이 없어.'

기분이 살짝 언짢기는 해도 그에게 딱히 비난의 말을 하거나 나무라는 소리는 하지 않았다.

지금 그에게는 이런 세세한 일까지 신경 쓸 겨를은 없었던 것이다.

그는 계속해서 비 오는 거리를 종종걸음으로 걸어갔다.

하지만 뜻밖에도 아까 그 청년이 그를 불러 세웠다.

"이보쇼."

"…이보쇼?"

"어딜 그렇게 급하게 가는 거요?"

순간, 그는 화가 머리끝까지 치밀어 올랐다.

아무리 봐도 자신보다 한참이나 연배가 어린 사람이 반발을 찍찍 뱉으니 기분이 나빴던 것이다.

"어이, 청년. 아무리 세상이 미쳐간다고 해도 아무에게나 그렇게 반발을 툭툭 내뱉어서 쓰나?"

"……"

청년은 그의 짧은 훈계에 슬그머니 미소를 지었다.

"…후후."

"웃겨? 자네 지금 내 말을 비웃은 건가?"

이정문은 뭐 이렇게 막돼먹은 청년이 다 있나 싶었다.

"이봐, 청년! 해도 해도 너무하는군!"

"듣기론 꽤 살았다고 하더니 아직 성질머리는 남아 있는 모양이군."

"뭐, 뭐라?"

바로 그때, 청년의 품속에서 뭔가 반짝거리는 은색 물체가 튀어나왔다.

스릉.

이정문은 그 물체가 칼이라는 것을 알아채는 데 그리 오랜 시간이 걸리지 않았다.

"어, 어어……."

"비 오는 날에 회를 뜨면 기생충이 활발해져서 먹지 못한다고 하더군. 하지만 사람의 회는 어떨까?"

"뭐, 뭐요?"

"크큭, 한번 시험해 보고 싶군."

마치 넙치처럼 입이 옆으로 길게 늘어진 청년은 품속에서 회 칼을 꺼내 들었고, 그 칼은 이정문의 목덜미를 향했다.

휘릭!

순간, 이정문은 자신도 모르게 몸을 뒤로 젖혀 칼을 피해냈 다.

하지만 그의 반사 신경과는 다르게 신체 나이가 받쳐 주지 않아 이정문은 바닥에 엉덩방아를 찧었다.

쿵! "크윽!"

우연히 칼을 피하긴 했지만 바닥에 넘어져 꼼짝없이 도망갈 기회를 잃고 만 것이다.

그는 고개를 돌려 도움을 청할 사람이 있는지 둘러보았다.

솨아아아아아!

하지만 오늘 따라 그 흔한 택시 한 대 지나가지 않고 비가 오 는 바람에 행인은 당연히 찾아볼 수가 없었다.

이정문은 눈을 질끈 감았다.

'여보, 얘들아, 아빠는 이제 곧 갈 운명인가 보다.'

자신을 죽이겠다는 협박을 수십 번도 넘게 들어온 이정문이 다.

이 세상의 그 어떤 샐러리맨도 자신을 죽이겠다는 협박을 들으면서 일을 할 사람은 없을 것이다.

하지만 사장이라는 직함 때문에 책임감을 갖고 끝까지 회사를 지켜온 이정문이다.

그는 지금까지 자신의 행보에 대해서 크나큰 회의감을 느꼈다.

'이럴 줄 알았다면 진즉 다른 회사로 자리를 옮길 것을 그랬나?'

사실 그는 전 회장인 김태평과 고향 선후배 사이였다. 하지만 그렇다고 그리 가까운 사이는 또 아니었다.

김태평과 이정문은 꽤 나이 차이가 나기 때문에 둘은 상당히 어색한 사이라고 할 수 있었다.

다만 그러한 이유로 전직과 이직에 대한 유혹을 차근차근 이겨내어 지금 이 자리에 오른 것은 사실이다.

전직과 이직에 대한 제안이 들어올 때마다 고향 선후배라는 생각 때문에 그것들을 모두 고수한 것이다.

하지만 그 이상도 이하도 아닌, 그저 단순한 지인 관계로만 남아 있던 김태평과 이정문이다.

'큰형뻘 되는 회장 때문에 세상 종치게 생겼으니, 이것 참……'

마지막 순간에는 슬그머니 실소까지 흘러나오는 이정문이었다.

눈을 질끈 감은 이정문은 이제 스스로의 삶을 정리하는 놀라운 일을 해낸 것이다.

그는 자신의 생이 여기서 마감될 것이라고 생각했다.

하지만 그의 생각은 여지없이 빗나가고 말았다.

퍼억!

"……?"

"이런 빌어먹을 새끼를 보았나! 대치동 한복판에서 칼부림이야!"

그는 이내 눈을 뜨고 자신을 구해준 사람을 바라보았다.

"어, 어어……?"

"잘 지내셨습니까? 환갑이 넘어 이런 일을 겪게 해서 참으로 면목이 없군요."

"태, 태하 군!"

놀랍게도 강도에게서 자신을 구해준 사람은 다름 아닌 태하였다.

＊　　　＊　　　＊

늦은 밤, 태하는 서울 외곽에 있는 자신 소유의 창고로 박창명을 끌고 왔다.

이정문은 그런 그의 뒤를 따르면서 수많은 질문을 쏟아냈다.

"지금까지 도대체 어디서 무엇을 하다가 지금 나타난 건가? 자네를 기다리다가 아주 말라비틀어진 미라가 될 뻔하지 않았나?"

"이런저런 사정이 좀 있었습니다. 저도 목숨을 몇 번이나 잃을 뻔하다가 간신히 살아 돌아왔거든요."

"목숨을 잃을 뻔했다……."

"저마다 사연 없는 사람은 없겠습니다만, 저 역시 꽤나 질긴 사연이 있었습니다. 그러나 이것이 핑계가 될 수는 없다고 생각하긴 합니다. 죄송합니다."

"아니, 자네가 미안할 필요는 없지."

곧이어 이정문은 김태평 내외의 사망 사건에 대해 물었다.

"그나저나 자네가 어째서 패륜아로 몰리게 된 건가? 회사에서 아주 난리가 났다네."

"말씀드리자면 얘기가 깁니다. 그러니 자세한 얘기는 이놈에게 듣기로 하죠."

"이놈?"

태하는 지하실에 도착하자마자 박창명을 천장에 매달아 팔다리를 꽁꽁 묶어버렸다.

그리곤 찬물을 뿌려 정신이 바짝 들도록 만들었다.

촤락!

"허, 허억!"

"이제 정신이 좀 드나?"

"……!"

박창명은 자신의 앞에 멀쩡히 살아 있는 태하를 보곤 소스라치게 놀라고 말았다.

"네, 네놈은……!"

"그래, 두 눈이 똑바로 달려 있다면 나를 알아보지 못할 리가 없지."

태하는 박창명에게 물었다.

"말해라. 내 부모님을 왜 죽였냐?"

"나, 나는 모르는 일이다. 그런 사실은 존재하지도 않아. 그건 네가 후계자 서열에서 빠지는 바람에……."

"아아, 그래?"

태하는 그의 옆구리에 마구 돌려차기를 꽂아 넣었다.

퍼억! 퍼억!

"쿨럭쿨럭!"

"이제부터 한 마디 잘못 나올 때마다 이렇게 옆구리를 걷어 찰 것이다."

"…이런 호래자식, 부모를 죽이고도 아주 떳떳하구나!"

"역시 내가 곱게 죽이지 않겠다고 다짐한 보람이 있군,"

태하는 이정문에게 앞으로 눈을 뜨고 보기 힘든 일이 있을 것을 시사했다.

"사람이 차마 두 눈 뜨고 볼 수 없는 일이 벌어질 겁니다. 만약 비위가 약하시다면 나가 계셔도 됩니다."

"괜찮네. 이 나이 먹어서 못 볼 꼴이 또 뭐 있겠나?"

"정말 괜찮으십니까?"

"물론일세."

"예, 그럼."

그는 주머니에서 송곳을 하나 꺼내어 박창명의 하복부에 구멍을 냈다.

푸욱!

"끄헉!"

"쉿, 조용히 해라. 이제부터가 진짜 시작이니까."

이윽고 태하는 자신의 품에 잘 갈무리하고 있던 검은색 파우치를 열어 그 안에서 미친 듯이 꿈틀거리고 있는 검은색 물체를 꺼내 들었다.

파닥파닥!그것은 마치 사람이 손가락으로 몸통을 꾹 눌렀을 때 반응하는 지렁이 같은 모습이었다.

하지만 머리와 꼬리 부분에 날카로운 이빨이 달려 있어서 지렁이보다는 지네에 가까운 것 같았다.

"이건 온몸을 돌아다니면서 장기를 파먹는 벌레다. 청혈충이라고 부르는 물건이지. 그냥 만들지는 못하고 어떤 한 집안에서 사람을 고문하기 위해 연금술로 만든 것이다. 대단하지? 이 세상에 연금술로 생명체를 만들어낼 수 있는 사람들이 있다니 말이야."

"…그건 또 무슨 개소리냐?"

"후후, 무슨 개소리인지 이제 곧 알게 되겠지."

청혈충은 하북팽가에서 고문을 위해 만든 생명체로서, 지렁이에게 청혈이라는 물질을 먹여 돌연연이를 얻어낸 것이다.

놈은 신체 안으로 파고들어 내장을 파먹으면서 아주 천천히 성장하여 나중에는 신체를 뚫고 나올 정도로 커진다.

그 과정에서 피해자는 내장을 조금씩 뜯어 먹히는 고통을 경험하게 되는 것이다.

이 세상 그 어떤 누구도 청혈충에게 당하고 입을 열지 않은 자가 없으며, 이것은 벌써 500년 전에 사장되어 없어졌을 정도로 잔인한 수법이었다.

하지만 자신의 어머니를 찔러 죽이고 아버지를 교살한 박창명에게 자비란 있을 수 없었다.

사가가각!

"허, 허어어어어어억!"

"놈을 벌써 보름째 굶겼다. 아마 네놈의 내장을 미친 듯이 파먹으려 들겠지."

태하는 청혈충의 몸통에 천잠사를 감아두었는데, 그가 원하면 밖으로 빼내어 죽이겠다는 생각이다.

그러나 그것은 태하가 원하는 대답을 얻었을 때나 가능한 일이었다.

"자, 그럼 지금부터 다시 한 번 얘기해 볼까? 내 부모님은 왜 죽였나?"

"끄, 끄아아아악! 끄아아아아아악!"

내장이 꿈틀거리며 조금씩 사라져 가는 경험은 실로 끔찍하기 이를 데 없었다.

박창명은 벌써 정신을 잃어버렸고, 그는 자신도 모르게 입을 놀리기 시작한다.

"어, 어버버, 어버버버버!"

"묻는 말에 대답을 잘 하면 이것을 빼내주겠다."

"아, 알겠다! 알겠으니 이것 좀 배에서 꺼내줘! 제발!"

"정말 내가 묻는 말에 제대로 대답할 것이냐?"

"물론이다! 아, 아니, 물론입니다, 사장님, 선생님, 형님, 회장님! 제발요!"

자신이 아는 높은 호칭을 죄다 늘어놓는 박창명을 바라보며 태하가 슬그머니 미소를 지었다.

"후후, 그래, 그래야지. 그래야 내가 일말의 자비를 베풀 생각이 들지 않겠어?"

이내 태하는 청혈충을 꺼내어주었고, 박창명은 한결 편한 얼굴이 되었다.

"허억, 허억!"

"그럼 다시 한 번 묻지. 내 부모님은 왜 죽였나?"

"…돈을 받았다. 김태우가 블루문을 통하여 내게 돈을 주었다. 알고 있는지 모르겠지만 블루문은 무지막지한 놈들이다. 내가 어찌할 도리가 없는 집단이다."

"그러니까 한마디로 네놈은 돈 몇 푼 때문에 내 부모님을 시해한 것이군."

"그것보다는 조금 더 복잡한 문제로 얽혀 있다고 볼 수 있지."

이정문은 가만히 서서 아까부터 계속된 이 상황을 다 지켜보고 있었다.

그제야 이정문은 이 모든 상황을 이해할 수 있었다.

"그래, 그랬던 것이군. 모든 것은 회장 자리를 놓고 벌인 각축의 일부분이었던 거야."

"말씀드리자면 그렇게 풀이할 수도 있겠지요."

"더러운 세상이군."

"이제 의문이 좀 풀리셨습니까?"

이정문은 진절머리가 난다는 듯이 고개를 가로저었다.

"빌어먹을. 지금까지 이런 세계에 내가 발을 들이고 있었다는 것이 믿기지 않는군."

"분명 그런 세계가 맞긴 합니다. 하지만 모두가 그런 것은 아니죠."

그는 태하에게 한 가지 부탁을 했다.

"태하 군, 부탁이 있네."

"말씀하시죠."

"이제 나는 이 판에서 빠지겠어. 그러니 자네가 누명을 벗고 다시 회사로 복귀하게."

"원하신다면 그렇게 해드려야지요. 하지만 지금은 그럴 수가 없습니다."

"……."

"아시겠지만 제가 회사에 너무 오래 없었기 때문에 컴백을 한다고 해도 사태를 잘 수습할 수 있을지는 의문입니다. 게다가 지금 저는 당장 누명을 벗을 만한 입장이 못 됩니다."

"…내 친구들은 벌써 정년퇴직해서 고향으로 낙향했네. 나도 그들과 함께 살 수 있도록 허락할 수는 없겠나?"

태하는 그의 손을 꼭 잡으며 말했다.

"제가 회사로 복귀하겠습니다. 하지만 한 달, 그동안만 저를 좀 도와주십시오. 지금까지 40년을 넘게 버텼는데 한 달을 못 버티십니까?"

"……."

재계에 염증을 느낀 그를 더 이상 붙잡는 것은 사람으로서 할 일이 아니었지만 태하에겐 그가 꼭 필요했다.

그것을 너무나도 잘 알고 있는 이정문이기에 더 이상 거절할
수는 없었다.

"좋아, 그럼 딱 한 달만 더 자네를 보필하겠네. 그 이후엔 나
를 놓아주게."

"알겠습니다. 꼭 그렇게 하지요."

이정문은 수많은 생각으로 머리가 복잡해져 오고 있었다.

                    *   *   *

늦은 밤, 태하는 천장에 축 늘어져 있는 박창명을 바라보고
있었다.

박창명은 태하가 시키는 대로 자신이 아는 모든 것을 실토했
다. 그리고 그것을 토대로 태하는 자신이 살인을 저지르지 않
았다는 결정적인 증거를 확보할 수 있었다.

그는 김태우와의 통화 내역을 녹음한 것은 물론이고, 살해
현장을 아주 세세하게 담은 사진까지 전부 가지고 있었다.

김태우 본인에게 넘긴 자료는 이미 소각되어 사라져 버렸지
만 박창명은 후일을 위해 그 모든 증거를 고스란히 자신의 창고
에 보관하고 있었다.

원래는 최후의 보루로 가지고 있던 그것들을 끝까지 손에 쥐
고 있을 생각이었지만 상상을 초월하는 고문으로 인해 생각을

바꾼 것이다.

태하는 그가 건네준 자료를 검토해 보았다.

"······."

자신의 부모님이 처참하게 시해된 사진을 직접 눈으로 확인한 태하는 할 말을 잃고 말았다.

이 세상의 그 어떤 자식이 부모의 시신을 보고도 멀쩡할 수 있을까?

태하는 깊은 고민에 빠지고 말았다.

자신의 결백을 주장하기 위해선 박창명을 검찰에 넘겨야 하는데, 그렇게 되면 제대로 된 복수를 할 수 없게 될 것이다.

하지만 그를 처참하게 죽인다면 부모님의 원수를 갚는 동시에 평생 결백을 주장할 수 없게 된다.

그는 주먹을 꽉 말아 쥐었다.

쫘드드드득!

"빌어먹을 자식!"

"······."

일단 그는 이 사안에 대한 태림의 생각을 들어보기로 결정했다.

부모님의 자식은 태하 한 사람이 아니라고 생각했기 때문이다.

영국 램튼팜의 안전가옥.

태린은 태하가 가지고 온 소식을 접하곤 상당히 힘들어하는 것 같았다.

"아빠, 엄마……."

"역시 사지를 잘라 죽이는 것이 좋겠지?"

그녀는 고개를 가로저었다.

"…그러지 말아."

"어째서?"

"그건 우리 부모님께서 진정으로 바라는 것이 아닐 거야. 이 세상의 어떤 부모가 자식이 살인을 저지르길 바라시겠어?"

"……."

"이미 많은 사람을 죽였다면서. 그러니 이제 사람을 죽이는 일은 그만했으면 좋겠어."

태린의 말대로 태하는 지금까지 자신의 복수를 위해서 상당히 많은 사람을 죽였다.

분명 그것은 태하에게 있어서 아주 정당한 복수였지만 그렇다고 해서 살인이 없던 일이 되는 것은 아니었다.

그녀는 태하에게 아주 현명한 방향을 제시해 주었다.

"일단 놈을 사설 감옥에 가두어놓고 차근차근 회사를 되찾아. 그리고 오빠가 적당하다고 생각하는 시점에서 누명을 벗으면 되잖아."

"괜찮겠어? 저런 놈은 죽어 마땅해."

"언젠가는 죽여야겠지. 하지만 지금은 아니야. 지금 감옥에 집어넣은 그놈도 언젠가는 저놈과 함께 감옥으로 보내 버려. 그게 진짜 부모님을 위하는 길이야."

"…그래."

이윽고 그녀는 이제 슬슬 자신이 나서야 할 때가 왔다고 생각한다.

"오빠, 이제 내가 나설게."

"…네가 나선다고?"

"어차피 오빠의 세력이 나를 지켜주는데 저들이 나를 어떻게 할 수는 없을 것 아니야?"

"흠……."

"이제 진짜 제대로 된 복수를 해주어야지. 그래야 아빠가 빼앗긴 회사도 되찾을 수 있을 것이고."

"정말 괜찮겠어?"

"물론이지. 내가 그렇게 약한 여자라고 생각하는 거야?"

지금 그녀가 회사로 복귀한다면 태하가 가지고 있던 지분이 전부 상속되어 대한자동차와 대한건설이 전부 태린의 명의로 이전된다.

또한 본사의 지분 역시 그녀가 전부 상속받기 때문에 현 임시회장 부자와 자웅을 겨루어볼 만하다.

그녀는 자신이 직접 일선으로 나서서 모든 사태를 정리하고 아버지의 복수를 하려는 것이다.

"이젠 오빠가 나를 도와줘. 내가 아빠와 엄마의 복수를 할 수 있도록 말이야."

"그래, 내가 너를 도울게."

조만간 그녀는 한국으로 떠날 차비를 할 예정이다.

마약 치료를 시작한 지 두 달이 넘어가는 시점에서 드디어 태희 자매는 중독에서 벗어날 수 있었다.

더 이상 마약이 없어도 생활이 가능할 정도였으며, 스스로 정상인처럼 행동할 수 있었다.

태미는 이제 자신들도 태하에게 힘을 보태줄 때가 되었다고 생각했다.

"아버지의 명의로 되어 있는 지분을 우리가 상속 받아서 오빠와 태린이에게 힘을 실어줄게."

"할 수 있겠어? 결코 좋지 않은 기억들이잖아?"

"그렇다곤 해도 언제까지 두려움에 떨면서 지낼 수는 없는 노릇 아니야? 우리도 이제 슬슬 세상으로 나가야지. 그래야 지하에 계신 부모님을 뵐 낯이 있지 않겠어?"

"흠, 그래, 그건 확실히 그렇구나."

"다만 앞으로 오빠가 우리를 계속 지켜주어야 하는 것은 변함이 없어. 그 정도는 해줄 수 있지?"

"물론이지. 이제 너희들에게 그 어떤 위해도 가할 수 없을 거야. 내가 약속할게."

이제 태하는 슬슬 그녀들이 자신의 길을 찾아 떠날 것임을 알 수 있었다.

앞으로 태하는 자신이 할 수 있는 모든 것을 그녀들에게 해주기로 결심했다.

*   *   *

한강일보는 대한민국에서 가장 영향력 있는 신문사다.

종이로 출간하는 한강일보뿐만이 아니라 인터넷 신문사 '서울통신'과 포털 사이트 '위례성'을 보유하고 있다.

또한 종편 방송사 HYTV를 출범시켜 10대 방송사 안에 그 이름을 올리고 있었다.

한마디로 한강일보는 차곡차곡 쌓아온 언론인들의 저력을 기업집단으로 풀어내고 있는 것이다.

항간에선 한강일보그룹이 언론사를 장악하려 한다는 등의 악성 보도를 터뜨리기도 했지만 그것은 이들의 아성을 무너뜨릴 만한 것이 못 되었다.

이런 한강일보이지만 그들 역시 회사 자체가 무너질 뻔한 시기가 분명히 있었다.

IMF 금융위기를 거치면서 회사가 거의 부도 직전까지 몰렸는데, 이때 발행한 약속어음과 채권이 대부분 대기업 투자자들에게로 흘러들어 갔다.

지금은 채권을 거의 다 회수하였지만 거의 30%가 넘는 엄청난 지분을 가진 한 사람의 어음은 미처 회수하지 못했다.

대한그룹 김태평 회장은 그룹의 이미지 쇄신과 빅딜정책에서 도피하는 과정을 숨기기 위해 한강일보 지분을 대량으로 구매했다.

그리고 20년이 지난 지금 그는 사망했고 아들 김태하의 행방은 오리무중이었다.

한마디로 그들이 이렇게까지 덩치를 불리는 동안 30%가 넘는 주식은 땅속에서 새근새근 잠을 자고 있었다는 소리다.

하지만 가을이 다 지나갈 즈음, 이들 한강일보에 청천벽력 같은 소식이 전해졌다.

김태평 회장의 아파린 투자신탁이 BS그룹이라는 이름으로 다시 태어나 주권 행사를 해온 것이다.

BS그룹의 제프 페롤슨 전무는 자신이 BS그룹의 해당 지분을 모두 인수 받았다고 위임장을 내밀었다.

한강일보그룹 회장 연제국은 더 이상 그 어떤 말도 할 수가 없었다.

"…어째서 이제야 나타나 우리에게 주권 행사를 하는 겁니까?"

"우리가 필요한 시점에 주권 행사를 하는 것이 잘못된 일은 아니지 않습니까?"

"하지만 우리는 이제 슬슬 세력 확장을 시도하는 중입니다. 더 일찍 나타나지 않은 것은 손익에 대한 계산이 아직 서지 않았기 때문이었습니까?"

"그러니까, 당신의 말에 따르자면 우리가 이깟 배당금 몇 푼 때문에 이제야 모습을 드러냈다고 말하고 싶은 겁니까?"

"……."

사실 지금까지 김태평 회장이 이들에게서 거두어들이지 않은 배당금은 고스란히 기업에 재투자된 실정이다.

20년이 넘도록 한 푼도 배당금을 수령하지 않았으니 그 금액이 상당할 것이다.

만약 지금 와서 그 배당금을 모두 찾아간다고 선언한다면 방송사를 통째로 팔아도 모자랄 정도이다.

하지만 BS그룹은 배당금에는 별 관심이 없었다.

"우리는 당신들에게 뭔가 엄청난 것을 바라지 않습니다. 그냥 같은 지분을 소유한 식구로서 도움을 바랄 뿐이지요."

"도움이라면……."

"김태평 회장의 영애가 아직 살아 있습니다. 그녀를 지켜주십시오."

순간, 연제국의 표정이 딱딱하게 굳었다.

"…지금 뭐라고 했습니까?"

"말 그대로입니다. 김태린 양이 아직 살아 있습니다. 아아, 그리고 그녀의 사촌인 김태미, 태희, 태주 자매도 그 신병을 확보했습니다."

연제국은 지금 이 사람이 자신에게 하는 말을 도대체 어디까지 믿어야 할지 몰라 혼란스러웠다.

하지만 그는 아주 단호하고 정확하게 자신이 원하는 바를 말했다.

"당신이 대동할 수 있는 모든 기자를 동원해서 신문 기사를 작성하십시오. 김태린 씨가 살아있으며, 앞으로 카미엘 엑트린 회장님과 함께 상속된 지분을 찾아 재계로 진입할 것이라고 말입니다."

"카미엘 엑트린 회장이라면 BS그룹의 젊은 총수를 말하는 겁니까?"

"그렇습니다. 그분께서 김태린 씨를 보호하기로 하셨습니다. 고로, 우리 역시 그녀를 보호하고 앞으로 어떤 일이 있던 그녀를 지킬 겁니다."

연제국은 언론인으로서 피가 끓는 것을 느꼈다.

"…대신 우리에게 기사에 대한 우선권과 필요할 시 엠바고를 걸 수 있는 권한을 주십시오."

"뭐, 그럽시다. 기사야 원래 당신들에게 단독으로 주어야 일이 성사되는 것이니 당연히 그래야지요."

30%의 지분 행사가 마음에 조금 걸리긴 했지만 베일에 싸여 있던 카미엘 엑트린과 죽음에서 돌아온 김태린의 조합은 결코 놓칠 수 없는 기삿거리였다.

그는 자신에게 또 한 번 최정상을 지킬 수 있는 기회가 왔음을 직감했다.

*　　　*　　　*

이른 새벽, 김강철과 챕스틱이 대한그룹 전용기 창고에 들어가 있다.

그들은 총 네 대의 전용기를 살피면서 이 중에서 파나마 항공의 고유번호를 가진 기체를 찾아보았다.

"보자……."

자동차나 비행기에는 차대 번호나 엔진 넘버가 반드시 기재되어 있기 때문에 고유번호를 가지고 지명수배 기체를 찾는 것이 가능하다.

만약 태하를 살해하고 빼돌린 기체를 한국으로 다시 가지고 왔다면 그것을 판매하는 것은 불가능했을 것이다.

다른 것도 아니고 중고 항공기를 거래할 때엔 그에 필요한 서류와 확인 절차를 아주 꼼꼼하게 진행하기 때문이다.

모르긴 몰라도 그때의 기체는 그 모습 그대로 이곳에 보관되어 있을 터였다.

잠시 후, 김강철은 창고 구석에 처박혀 있는 비행기 엔진에서 자신이 원하는 일련번호를 찾아냈다.

"오케이! 여기 있군!"

"찾았어?"

"이곳에 쩡박혀 있었어. 정말 대장의 말대로 이곳에 범행 도구가 고스란히 남아 있군그래."

이제 이것만으로도 대한그룹 내부자 중에서 한 사람이 태하를 죽이려 했다는 정황이 밝혀지게 된다.

고로, 이제 태하는 더 이상 부모를 죽인 파렴치한에서 벗어날 수 있다는 소리였다.

"이로써 대장은 양지로 나갈 수 있는 건가?"

"아니, 아직 일러. 검찰에서 확실한 증거를 잡아서 다시 수사를 시작해야 하거든. 하지만 한 번 종결된 수사를 다시 시작하는 것은 쉽지 않은 일이야. 나중에 확실히 여론 몰이를 해서 한 방에 잡을 생각이겠지."

"그렇군."

두 사람은 해당 기체의 사진을 모두 찍고 그 안에 있는 블랙

박스와 전자기기 중앙처리장치의 데이터베이스를 전부 복사해서 USB에 담았다.

띠리리릭!

"다 됐다. 이제 그만 가자고."

"그래."

그들은 마치 자신들이 이곳에 처음부터 들어오지 않았다는 듯 흔적을 지우고 창고를 빠져나갔다.

3. 귀환

    슬슬 낙엽이 지고 겨울이 다가오는 계절이 찾아왔다.

    김충평은 이사회를 통하여 대한자동차 이사진을 교체하고
대표이사를 해임하는 안건에 대한 주주투표를 발의시켰다.

    그로 인해 긴급주주총회가 소집되어 앞으로 보름 후에 속행
될 예정이다.

    김충평은 태우에게서 이정문에 대한 소식을 전해 들었다.

    "이정문이 행방불명으로 처리되었다?"

    "예, 그렇습니다. 지금 이정문의 가족은 그의 실종신고를 내
고 경찰에 수사를 맡겼답니다."

"후후, 이정문! 드디어 그 눈엣가시 같은 놈이 사라졌군!"

그는 꿈에서도 자신을 괴롭히던 이정문이 사라졌다는 사실에 쾌재를 불렀다.

자신을 막아서던 가장 큰 세력인 이정문이 제거되었으니 앞으로 그가 날개를 펼칠 일만 남은 셈이다.

김충평은 당장 긴급주주총회에서 사용될 빅딜 안건에 대한 기획보고서 수정을 지시했다.

"얼마 전에 내가 완성한 청사진을 가지고 기획부와 함께 빅딜을 완성하도록 하여라."

"예, 알겠습니다."

그는 이정문의 내각을 파괴시키고 자신의 충복들을 대한자동차에 심어 그 회사를 온전히 자신의 것으로 만들 계획을 수립했다.

만약 대한자동차가 그의 수중에 떨어지게 된다면 그와 함께 대한건설까지 잠식하는 쾌거를 이룰 수도 있을 터였다.

김충평은 오랜만에 자신의 비즈니스 블러드가 요동치는 것을 느낀다.

"최대한 빨리 준비하여 인사이동에 차질이 없도록 하여라. 이 것은 아주 중요한 사안이다. 그 어떤 사안보다도 먼저 완성되어야 한다."

"예, 회장님."

아주 기분이 좋아진 김충평은 다음 지시 사항에 대해 말했다.

"이정문이 거느리고 있던 세력을 정리해야겠다. 태형이는 지금 어디에 있느냐?"

"그게……."

"……?"

고개를 갸웃거리는 그에게 태우가 쭈뼛쭈뼛 입을 열었다.

"연락이 닿지 않습니다."

"뭐라? 연락이 닿지 않아?"

"벌써 며칠째 전화를 받지 않습니다. 아무래도 무슨 일이 생긴 것은 아닐까 싶습니다."

김충평은 인상을 꽉 찌푸렸다.

"빌어먹을 자식. 또 어디서 계집질이나 하고 있겠지. 제 아비가 하던 습관을 그대로 이어받았군그래."

"…지금 비서실에서 찾고 있으니 금방 연락이 닿을 겁니다. 너무 노여워하지 마십시오."

"흥! 처음부터 그런 난봉꾼 아들을 회사로 들이는 것이 아니었거늘……."

태형의 친부는 술과 도박, 여자에 미쳐 가산을 조금씩 탕진하면서 살아가는 천하의 불한당이었다.

그런 그에게 아들이 있다는 것은 최대의 무기였으니, 집안에선 그를 죽이지 못해 어쩔 수 없이 살려 두었다.

태형은 아버지가 없는 셈 친다면서 살아가고 있긴 했지만 핏줄은 끊고 싶다고 끊어지는 것이 아니었다.

그가 고의로 잠적했든 아니든 꼭 아버지의 이름과 함께 그의 행동이 도매금으로 넘어갔다.

이런 경우가 이번 한 번이 아닌 것을 생각하면 태형에게 아버지는 죽을 때까지 굴레처럼 목을 옭죄는 치부가 될 것이다.

"녀석이 없다면 네가 알아서 처리하거라."

"예, 알겠습니다."

김태우는 아버지의 지시에 따라 이정문을 따르는 추종 세력을 정리하기로 했다.

*　　　*　　　*

주주총회가 소집되었음에도 불구하고 이정문은 여전히 아무런 움직임이 없었다.

그의 추종 세력 역시 이번 주주총회에 모습을 드러낼 의사를 전혀 표현하고 있지 않았다.

막상 칼자루를 뽑아 든 태우는 뭔가 좀 허전한 느낌이 들었다.

"…이상한 일이군. 그 꼰대들이 어쩐 일로 이렇게 조용할까?"

이정문 한 사람이 없어지고 나니 세상 모두가 조용해진 느낌이다.

덕분에 일이 한결 쉬워지긴 했지만 너무 사정이 쉽게 풀어지니 불안한 생각까지 들었다.

그러나 상황이 좋은 것은 그에게 나쁠 것이 전혀 없었다.

"총괄이사님, 마성제지 한성제 사장이 찾아왔습니다."

"마성제지에서?"

마성제지는 대한자동차의 계열사인데, 그 규모가 대한민국 제지업계 상위에 이름을 올리고 있었다.

한성제 대표는 이정문의 최측근으로 거론되는 등기이사 중 한 명이다.

똑똑.

"한성제입니다."

"네, 들어오세요."

태우는 무리를 이끄는 리더 대신 그를 포용하겠노라 마음속으로 다짐했다.

하지만 그가 포용할 것도 없이 그는 태우를 보자마자 자세를 낮추고 복종의 의사를 밝혀왔다.

"총괄이사님, 그동안 제가 너무 인사를 드리지 않은 것 같군요. 죄송합니다."

"아닙니다. 바쁘면 그럴 수도 있지요."

"이것… 아주 작은 겁니다만 성의로 받아주십시오."

한성제는 아주 정묘하게 조각된 순금 두꺼비 네 마리를 그에게 건넸다.

두꺼비의 등에는 다이아몬드와 호박석 등으로 장식되어 있어 화려함과 함께 그 값어치를 상당히 올려주고 있었다.

아무리 못해도 이 두꺼비 한 마리에 자동차 한 대 값은 될 것으로 보였다.

어지간해선 남에게 아쉬운 소리 한번 하지 않던 그가 이런 뇌물까지 바치다니, 태우는 두꺼비의 가치를 떠나서 자신의 영향력이 한층 격상된 것 같아 기분이 좋았다.

"하하, 두꺼비가 은혜를 갚기로 유명하다던데, 역시 사장님이십니다."

"제가 원래 은혜를 잘 갚기로 유명하지요."

이윽고 한성제는 그에게 구조조정에 대한 얘기를 슬그머니 꺼냈다.

"그래서 말인데, 제가 이사님께 부탁이 있습니다."

"부탁이요?"

"제 부탁을 들어주신다면 진짜 두꺼비가 되어 이사님께 충성을 다하겠습니다."

"무슨 부탁인지 말씀해 주십시오."

"우리 회사가 빅딜에 포함되어 있다고 들었습니다. 하지만 우리 회사, 그렇게 내실이 나쁜 회사가 아닙니다. 이사님께서도 잘 아시지 않습니까?"

"으음, 그건 그렇지요."

"한 번만 봐주십시오. 이렇게 부탁합니다."

깊이 고개를 숙인 그로 인해 기분이 좋아진 태우가 호탕하게 말했다.

"뭐, 그럽시다."

"저, 정말이십니까?"

"하지만 제가 회장님을 설득하는 데 시간이 걸릴 테니 조금 기다리시긴 해야 할 겁니다. 회장님께도 충성 맹세를 하셔야 하고요."

"물론입니다! 그렇게 하겠습니다!"

"후후."

빳빳하게 고개를 쳐들고 다니던 그의 몰락은 태우에게 묘한 카타르시스를 전해주고 있었다.

* * *

늦은 밤, 이정문 일가가 전세기를 타고 하와이로 향하고 있다.

솨아아아아!

이렇게 늦은 밤에 전세기를 타고 하와이로 날아가는 것은 흔히 경험할 수 있는 일은 아니었다.

이 전세기는 BS그룹의 명의로 되어 있는 전용기인데, 앞으로 프랑스 파리와 이탈리아 베네치아, 독일 베를린 등 열 개 지역을 차례대로 순방할 것이다.

"할머니, 저건 뭐야?"

"응, 구름이란다."

"구름?"

"비를 내려주는 아주 고마운 것이지."

"아하! 구름!"

이정문은 자신의 아내와 그 무릎에 앉아 있는 세 살배기 손녀를 바라보았다.

요즘 부쩍 호기심이 왕성해진 이정문의 손녀는 손에 잡히는 물건이나 눈에 보이는 모든 것에 대해 관심을 보였다.

태어나 처음으로 직접 보는 구름은 그 관심의 대상 중에서도 단연 최고였다.

그가 환갑을 넘긴 나이에도 회사에서 퇴직하지 않고 끝까지 버틴 유일한 이유는 바로 이 손녀 때문이었다.

이정문의 슬하엔 두 딸이 있는데, 첫째는 4년 전에 시집을 가버렸고 둘째는 작년에 결혼했다.

지금 그가 맡고 있는 이 손녀는 첫째 딸의 자식인데 태어나

자마자 딸 내외가 힘들다며 아이를 맡겨왔다.

그리곤 지금까지 한 달에 한 번씩 집으로 찾아와 아이의 얼굴만 보고 다시 자신들의 생활로 돌아갔다.

생활비를 보태거나 아이의 양육비를 조달하는 등의 행동도 전혀 없었다.

그렇다 보니 갱년기를 지나 이제 막 안정기에 접어든 이정문의 아내는 황혼으로 가는 문턱에서 또다시 육아를 시작해야 했다.

뻔뻔함이 도를 지나치는 딸의 행보였으나 이정문은 어쩔 수 없이 손녀를 맡을 수밖에 없었다.

아무리 딸이 괘씸해도 손녀는 아무런 잘못이 없으며 점점 커가는 아이를 보는 재미도 꽤나 쏠쏠했기 때문이다.

원래는 환갑을 기점으로 회사에서 은퇴하여 시골로 내려갈 생각이던 이정문은 언제 끝날지 모를 회사 생활을 이어나가고 있었다.

손녀 화사가 이정문에게 다가왔다.

"할아버지!"

"어이쿠, 우리 살랑이! 여행은 좀 어때? 재미있어?"

"응!"

"그래, 다행이구나."

화사의 태명은 살랑이, 지금 이정문이 아이를 부르는 애칭이기도 하다.

그는 손녀 살랑이를 바라보며 깊은 생각에 잠겼다.

'이 녀석들, 이제 나 없이 한번 잘살아봐라.'

이정문은 손녀를 데리고 유럽 각지를 돌아다니다가 그녀가 마음에 들어 하는 곳에 멈추어 일주일씩 묵으며 지낼 것이다.

그러다가 아내와 이정문까지 그곳이 마음에 들면 아예 눌러 앉아 한 2~3년 집을 구해 생활할 생각이다.

이런 식으로 해외에서 생활을 꾸려나가게 되면 아이에겐 식견을 넓히는 계기가 될 것이다.

물론 아이의 사교에 문제가 생길 수도 있겠지만 요즘은 이에 대한 대비도 꽤 많이 되어 있다.

전 세계 각지를 돌면서 자주 이사를 다니는 외교관 자녀들이나 해외지사 근무자들의 자녀들이 모이는 커뮤니티가 있다.

짧게는 1년, 길게는 3~4년 동안 서로 교류하며 아이들끼리 또래집단을 형성하는 것이다.

이 커뮤니티는 아이들과 부모들이 특정 아이들을 집단으로 따돌리거나 무시하는 경우가 없기 때문에 아이들 성장에 아주 많은 도움이 된다.

이정문은 이 커뮤니티를 이용하여 아이의 친구들을 만들어 주고 그 나라의 문화를 뼛속 깊숙이 각인시킬 것이다.

적게는 네 개 국어, 많게는 일곱 개 국어를 사용하는 문화권에 머물며 식견을 넓히는 것이다.

이정문 내외 역시 아이를 따라다니며 외국의 문물을 익히고 천천히 학식과 견식을 넓힐 생각이다.

이것이야말로 늘그막에 누릴 수 있는 최고의 호사였다.

이정문의 아내 천성희가 물었다.

"그나저나 여보, 정말 회사를 비워도 괜찮아요?"

"괜찮아. 이미 회장님과 얘기 다 끝났어."

"회장님?"

"아아, 차기회장님이라고 해야지. 아무튼 나는 이번에 BS그룹으로 자리를 옮길 것이고, 죽을 때까지 지위가 보장된대. 죽을 때까지 그 신분과 월급이 보장되니 이보다 더 좋은 기회가 또 있겠어?"

"그렇군요."

사실 천성희는 남편 이정문을 따라나서면서도 그리 많은 질문을 하지 않았다.

그저 어디를 얼마나 여행하는지 정도만 물었고, 이 여행이 어떻게 이뤄진 것인지는 묻지 않은 것이다.

이정문은 그녀에게 앞으로의 밝고 희망찬 미래를 약속했다.

"우리 화사와 함께 전 세계를 다니면서 행복하게 살아보자고."

"할머니, 전 세계가 뭐야?"

"웅, 지금 우리가 떠 있는 이 하늘과 모든 땅을 말하는 것이란다."

"모든 땅?"

"살랑이가 살고 있는 아파트나 놀이터, 공원 같은 것들은 이 세상에 아주 많아. 그리고 세상엔 공원과 놀이터 말고도 재미있고 흥미로운 것이 많단다. 동물들과 친구들도 많고."

"와아, 동물!"

"그래, 전 세계는 그런 곳이야."

"좋아! 살랑이는 좋아!"

이정문은 앞으로 자신이 가는 행보에 행복이 가득할 것이라고 확신했다.

*　　　*　　　*

주주총회 나흘 전, 이정문은 아직까지 모습을 나타내지 않고 있었다.

한성제를 비롯한 열 명의 측근은 그가 사라지며 남긴 당부를 지키면서 지내고 있는 중이다.

그는 자신이 없어지게 되면 거짓으로라도 김태우에게 충성하는 척하라고 말했다.

그리고 그 거짓 충성으로 회사에서 버틸 수 있는 기회를 만들라고 했다.

그래서 지금 한성제와 그의 측근들은 김태우에게 거짓 충성을 보이며 회사에서의 자리를 보전하는 중이다.

빅딜이 이뤄지려던 배경은 그들이 반기를 들었기 때문이니 거짓으로라도 무릎을 꿇으면 당연히 회사에서 살아남을 수 있을 터였다.

하지만 대한건설 최민성 상무 등은 언제까지 자신들이 이런 행동을 해야 하는지에 대한 의문을 품었다.

"평생 이렇게 비굴하게 무릎이나 꿇으면서 살아야 합니까? 이게 도대체 무슨 굴욕이냐고요."

"조만간 우리를 끌어줄 누군가가 나타날 것이랍니다."

"끌어줄 사람이라……."

"이정문 사장님의 말로는 회사의 정당한 후계자라고 하시더군요."

"…그런 사람이 남아 있긴 합니까?"

이미 오너 일가가 사망하고 김화평 이사의 집안까지 전부 다 숙청당한 판국에 공정한 세력유지가 이뤄질 리가 없었다.

만약 지금 누군가 정통성을 주장하고 나선다면 아주 반가운 일이겠으나 그것은 그저 스치는 꿈에 불과했다.

하지만 그런 그들의 꿈에 힘을 실어주는 사람이 나타났다.

똑똑.

"누구십니까?"

"말씀드린 그 사람입니다."

이들이 모인 술자리에 웬 여자의 목소리가 들리다니 최민성 등은 고개를 갸웃거렸다.

"누굽니까?"

"아까 제가 말씀드렸지요. 누군가 우리를 이끌어줄 사람이 나타날 것이라고요."

"조만간이라고……."

"그분께서 그렇게 말씀하셨단 말이지요. 아무튼 한번 만나보기나 합시다."

잠시 후, 열 명의 사내 앞에 모습을 나타낸 그녀는 너무나도 뜻밖의 인물이었다.

"어, 어어……?"

"잘 지내셨지요?"

"태린 양?"

"아가씨!"

"허, 허어!"

지금까지 그녀는 공식적으로 죽은 사람으로 알려져 있었다. 그래서 집안에선 장례식까지 다 치른 마당이다.

한데 그런 그녀가 멀쩡하게 살아서 그들의 앞에 모습을 드러낸 것이다.

"이, 이게 어떻게 된 일입니까?"

"설명하자면 좀 길어요. 하지만 이제부터는 제가 여러분을 책임질 겁니다. 그러니 너무 걱정하지 말아요."

"허참, 아가씨께서 살아 계시다니, 이게 무슨 홍복입니까? 하지만 너무나도 의외라서 말문이 막힐 지경이군요."

"죄송합니다. 더 빨리 나타났어야 하는데⋯⋯."

"아닙니다. 그런 말씀 마십시오."

그녀는 이 사람들에게 한 남자를 소개했다.

"인사하시지요. 앞으로 저를 대신하여 대외적인 입장 표명과 주권 행사를 해주실 분이십니다."

"카미엘 엑트린입니다."

"엑트린? 어디선가 들어본 적이 있는 것 같은데⋯⋯."

"네, 맞습니다. BS그룹의 회장입니다."

"아아⋯⋯!"

"허어! 이런 말도 안 되는 일이⋯⋯!"

"한 기업의 회장이 대변인으로 나서다니, 이게 어떻게 된 일입니까?"

"태하와 저는 절친한 지기입니다. 친구의 동생을 돕기 위해 후견인을 자처한 것이지요."

"흠, 그런 사연이⋯⋯."

"아무튼 앞으로 잘 부탁드립니다."

"별말씀을."

열 명의 남자는 이제 정말로 가슴이 든든해지는 것을 느꼈다.

＊　　　　＊　　　　＊

초가을, 이제 날씨는 얇은 코트가 없인 돌아다니기 힘들 정도가 되었다.

BS그룹에 속한 각 수뇌부들이 태하를 따라서 한국으로 입국하고 있다.

저벅저벅.

대략 50명쯤 되는 그들의 주변에는 100명이 넘는 경호원과 히트맨들이 줄을 지어 다니고 있었다.

태하는 자신의 앞에 태린과 태미 등을 대동하고 있었는데, 이 모든 인원이 모두 그녀를 위해 준비되었다는 것을 반증하는 모습이다.

공항에 태린이 등장하자 수많은 기자들이 몰려와 카메라 플래시세례를 터뜨렸다.

찰칵, 찰칵!

지금 이곳에 모인 기자들은 전부 한강일보에 소속되어 있는 기자들이었다.

이렇게 많은 기자가 모여 있음에도 불구하고 한국에선 태린이 살아 있다는 소식을 접한 곳이 한 군데도 없었다.

그들은 태린에게 그 어떤 인터뷰도 요청하지 않았고, 오로지 한강일보 사회부 편집장인 연태훈이 마이크를 잡았을 뿐이다.

"김태린 씨, 지금 심경에 대해서 짧게 한마디만 해주십시오."

"…고향으로 돌아왔네요. 앞으로 더 이상 이런 일이 생기지 않도록 검경이 함께 협동해 주셨으면 좋겠습니다."

"예, 잘 알겠습니다."

이제 기자들은 이 짧은 한마디를 토대로 기사를 작성하고 사전에 태하에게서 받은 자료를 바탕으로 언론플레이를 시작하게 될 것이다.

태린의 공항 입국 소식은 한강일보에 의해 단독으로 보도되었고, 뒤늦게 이 사실을 눈치 챈 타 방송국에서 그녀를 취재하기 위해 BS그룹과 접촉을 시도했다.

하지만 이미 한강일보그룹과의 단독 인터뷰를 통하여 입장을 표명한 그녀는 한강일보그룹 본사에서 단독 기자회견을 갖기로 했다.

이른 아침, 기자들은 필기도구와 방송용 카메라를 대동한 채 기자회견장을 꾸몄다.

오늘 기자회견장에는 플래시를 터뜨리거나 마구잡이로 사진을 찍는 등의 행위는 금지되어 있었다.

이 모든 것이 가능한 것은 오로지 한강일보그룹이 단독으로 그녀의 기자회견을 중개하기 때문이었다.

이 기자회견은 TV와 인터넷 포털 사이트를 통하여 동시에 전국으로 생중계되는 중이다.

오늘 기자회견에서 질문을 할 사람은 각 부서의 수장과 편집장들이 짧고 간결하게 할 예정이다.

단아하고 깔끔한 검은색 치마 정장을 입은 태린이 카미엘 엑트린과 함께 기자회견장으로 들어섰다.

기자들은 그들의 모습을 카메라에 담는 동시에 그들의 모습을 수필로 묘사하고 지금부터 기사 작성을 시작하고 있었다.

타다다다닥.

오로지 카메라 돌아가는 소리와 기사 작성에 필요한 타이핑만 이뤄지는 기자회견장은 상당히 정숙한 분위기였다.

두 사람은 카메라 앞에 정중이 고개를 숙인 후 자리를 정돈하고 앉았다.

가장 먼저 기자회견에서 질문을 건넨 부서는 다름 아닌 사회부였다.

연태훈은 자리에서 일어나 이번 기자회견이 어떤 방식으로 진행되며, 자신이 가장 먼저 질문한다는 것을 피력했다.

"이번 기자회견은 우리 한강일보가 단독으로 진행합니다. 또

한 김태린 씨를 보호하는 차원에서 최소한의 인력만으로 기자회견을 진행할 겁니다. 하지만 각 부의 수장들이 곧바로 기사를 써서 당신의 입장을 표명해드릴 것이니 걱정하실 필요는 없습니다. 우리는 모든 것을 김태린 씨를 보호하는 데 맞추고 있습니다. 추후에 작성된 기사는 한번 검토할 수 있는 기회를 드릴 테니 공개가 곤란한 부분이 있다면 가감 없이 말씀해 주십시오."

"네, 감사합니다."

"김태린 씨, 첫 번째 질문이자 우리 부서의 마지막 질문입니다. 김태린 씨는 친오빠 김태하 씨에게 살해당했다고 알려져 있습니다. 그것이 사실입니까?"

그녀는 고개를 가로저었다.

"아니요, 그것은 사실이 아닙니다. 우리 오빠는 그 당시 중동 출장으로 인해 아랍에미리트에 있었습니다."

"아랍에 있었다……. 하지만 그것을 입증할 만한 증거가 없을 텐데요?"

"있습니다. 그에 대한 증거가 있어요."

순간, 각 부서의 부장들과 편집장들이 웅성거리기 시작한다.

웅성웅성.

태린은 자신이 준비한 파일을 보여주며 말했다.

"이것은 전세기 항공사 파나마 여객의 비행기 렌탈 내역입니다. 이곳에 보면 해당 기체가 아랍에미리트로 출발했다는 정황이 나와 있습니다."

"파나마 여객이라……. 그들이 이번 사건과 무슨 관련이 있다는 겁니까?"

"있습니다. 파나마 여객은 대한그룹 비서실 전용기 승무원들과 기장들을 모두 죽이고 자신들을 사주한 세력의 히트맨들을 비행기에 태웠습니다. 그리고 그 기체를 가지고 러시아로 향했죠."

그녀는 파마나 여객에서 제공한 비행기의 고유번호와 현재 대한그룹 창고에 있는 기체가 동일하다는 증거들을 제시했다.

"보면 아시겠지만 아직까지 대한그룹 창고에는 해당 기체가 고스란히 들어 있습니다."

"그런 일이……. 경찰에 신고는 하셨습니까?"

"물론이죠. 현재 서울지검에서 해당 기체를 확보하기 위해 움직였을 겁니다. 이 사건에 아주 많은 형사가 동원될 예정으로 알고 있습니다."

"그렇군요."

태린이 아직 살아 있다는 것은 그녀를 살해하려 한 세력에겐 청천벽력 같은 소리였다.

그녀가 입을 열 때마다 판도라의 상자가 한 번씩 열리는 일이기 때문이다.

곧이어 다음 부서가 손을 들었다.

"그럼 곧이어 두 번째 질문을 시작하겠습니다. 저는 경제부 이태식 부장이라고 합니다. 김태린 씨, 앞으로의 행보에 대해서 말씀해 주십시오. 경영에 직접 참여하실 겁니까?"

그녀는 고개를 끄덕였다.

"물론입니다. 오빠와 아버지가 남긴 지분을 토대로 회사 경영에 직접 참여할 겁니다. 물론 제가 경영에 대해 잘 모르니 BS그룹에서 제 지분을 임시로 신탁해 주고 권한을 대행해 줄 겁니다."

"굳이 BS그룹을 이용하여 행보를 갖는 이유가 있습니까?"

"저는 이미 한 번 죽을 뻔했습니다. 저를 보호해 줄 사람들이 필요한 것이 사실이죠."

"그렇군요."

그녀의 말에 따르자면 앞으로는 불손 세력들이 그녀가 아닌 BS그룹을 노리도록 만들겠다는 소리였다.

그리고 그 바람막이를 카미엘 엑트린이 자처한 셈이다.

"카미엘 엑트린 회장님, 진실입니까?"

"물론입니다. 앞으로 그녀에게 무슨 일이 일어나든 우리 BS그룹은 의리를 지킬 겁니다. 우리는 이제부터 김태린 씨를 위해 존립합니다."

"그렇군요."

이번 기자회견으로 인하여 두 사람이 스캔들에 빠질 수도 있겠지만, 그것은 그리 중요한 일이 아니었다.

*　　　*　　　*

기자회견이 열리는 시각, 유주는 서울지경 소속 형사들과 과학수사팀을 대동한 채 대한그룹 항공기 보관센터를 찾았다.

김포에 위치한 항공기 보관센터는 형사들이 들이닥치자 당혹감을 감추지 못했다.

"경찰입니다. 수사에 협조해 주십시오."

"이, 이게 무슨 짓들입니까! 당신들, 영장은 있어요?"

유주는 자신의 동료 안성문과 함께 받아온 영장을 들이밀며 말했다.

"대법원에서 오늘 받아온 아주 따끈따끈한 영장입니다. 온기를 한번 느껴보실래요?"

"……."

"지금부터 우리의 수사 협조에 불응할 시 법적인 불이익을 받을 수 있습니다. 또한 증거 인멸의 우려가 보이는 행동을 한다면 즉시 체포하여 구속하겠습니다."

그녀의 단호한 말에 보관센터 관계자들은 어찌할 바를 모르고 그저 멍하니 서 있을 수밖에 없었다.

이윽고 그녀는 태하에게서 받은 자료를 토대로 창고 마지막에 있는 비행기를 수사하기로 했다.

"저 비행기입니다. 저 비행기가 범행에 사용되었던 물건입니다. 지금 당장 증거 확보하세요."

"예, 검사님."

추나희 경감은 형사들을 대동한 채 4번 전용기의 엔진을 뜯어내고 그 안에 들어 있는 고유번호를 확인했다.

그리고 과학수사팀은 전자기기에 접속하여 그 데이터를 모두 복사하여 파나마 항공의 데이터와 대조해 보았다.

그러자 이것이 2001년에 구매한 보잉사의 기종이며 구매자는 파나마 항공이라는 것이 밝혀졌다.

"검사님, 됐습니다. 이것은 바로 파나마 항공의 물건이 확실합니다."

"그 이후에 판매된 기록은요?"

"없습니다. 최근까지 파나마 항공에서 보유하고 있던 항공기입니다. 정확하게는 파손 신고가 되어 있습니다만, 전자항법장치에 의하면 그런 사실은 없었습니다."

"그렇다면 이 물건이 왜 이곳에 있는 것이죠?"

"아랍으로 취항했다가 공항에서 다시 되돌아왔습니다. 아마도 원래는 이곳으로 오지 않고 파나마 항공으로 가야 했겠지요."

"그렇군요."

그녀는 안성문을 바라보며 물었다.

"선배, 어떤 것 같아요?"

"…인터폴에 공조 수사를 요청해야겠다. 아무래도 엄청난 흑막이 존재하는 것 같아."

"함께해 주신 보람이 있죠?"

"네 덕에 이번 인사에서 과장으로 진급하는 것 아닌지 모르겠네. 자식, 복덩이네?"

"그렇게 되면 저를 잘 끌어주셔야 합니다. 아시죠?"

"물론이지!"

안성문은 대물을 낚았다는 기쁨에 미소를 짓고 있고, 유주는 슬슬 진실이 가까워지는 것 같은 느낌을 받고 있었다.

추나희 경감은 두 사람에게 자신도 이번 수사에 참여할 것을 선언했다.

"우리 강력팀도 함께하겠습니다."

"물론이죠."

이렇게 하여 대한그룹 사태가 천천히 다시 재조명되기 시작했다.

4. 출사

이른 아침부터 서울지검으로 대한그룹 현 임시 오너 가문의 두 부자가 출석했다.

찰칵찰칵!

한강일보를 비롯한 20개 신문사와 방송국이 두 부자에게 마이크와 사진기를 들이밀었다.

유난히도 많이 몰린 취재 인파로 인해 서울지검 앞은 그야말로 아수라장이나 다름없었다.

"김충평 씨, 한마디만 해주시죠!"

"……"

"지금 창고에서 발견되었다는 그 비행기는 다 뭡니까? 어떻게 된 일이죠?"

두 부자는 끝까지 묵비권을 행사했으며, 경호원들은 단호한 태도로 기자들을 밀어냈다.

"비키십시오."

"한 말씀만……."

퍼억!

그들은 있는 힘껏 기자들을 밀어내고 두 부자가 안전하게 검찰청 안으로 들어갈 수 있도록 온 힘을 다하고 있었다.

하지만 기자들은 넘어진 몸을 다시 일으켜 그들에게 달라붙었다.

이런 끈질긴 취재 열기 때문에 김충평의 안색은 급격히 나빠지고 있었다.

잠시 후, 검찰청 안으로 들어선 김충평이 욕지거리를 쏟아내기 시작했다.

"이런 빌어먹을 자식들을 보았나! 감히 어느 안전이라고……!"

"진정하시지요. 검찰이 보고 있습니다."

"…괜찮다. 기자들 욕한다고 검찰이 우리를 잡아가지는 않아."

두 사람이 간신히 검찰청 안으로 들어섰을 때, 합동수사본부를 차린 유주가 마중을 나왔다.

"오랜만이군요. 잘 지내셨지요?"

"유주, 서울지검으로 언제 옮긴 것이냐?"

"좀 됐습니다. 요즘 왕래가 없어서 제 근황에 대해 잘 모르시는 모양이군요."

"그럴 수밖에."

유주도 태우와 어려서부터 친구 사이였기 때문에 김충평과는 왕래가 아주 잦았다고 할 수 있었다.

때문에 얼굴을 마주하고 산 세월이 꽤 길었지만 대한그룹 사태가 터지고 난 후엔 얼굴을 본 적이 한 번도 없었다.

아마도 사람이 죄를 짓고는 못 산다는 논리대로 그가 의식적으로 유주를 피한 것일 수도 있었다.

하지만 이제 그녀가 합동수사본부를 통해 수사권을 잡았으니 김충평은 보기 싫어도 당분간 그녀를 대면해야 할 것이다.

김태우는 공안으로 간 그녀가 어째서 사건을 맡게 된 것인지 물었다.

"너는 공안부가 아니었나?"

"맞아. 공안부 소속 검사지. 하지만 이번 사건은 꽤나 복합적이고 광범위해서 두 부서에서 한 명씩 검사를 차출해서 특별수사본부를 구성했어. 아주 이례적인 일이라고 할 수 있지."

"…그렇군."

검사 한 명을 상대한다는 것은 그에 소속된 검사관과 검찰 관계자들을 모두 다 상대해야 한다는 것이나 다름없다.

그런데도 불구하고 두 명의 검사에게 동시에 조사를 받는다는 것은 상당한 압박이 되어 돌아올 것이다.

물론 엄연히 따지자면 이 사건의 공소권은 안성문에게 있었지만 비행기를 발견한 사람은 유주이니 지분을 반반으로 나누었다고 볼 수도 있었다.

그녀는 두 사람을 검찰청 조사실로 안내했다.

"가지죠. 바쁘신데 얼른 조사하고 집으로 돌려보내드려야지요."

"고맙구나."

세 사람 사이에 팽팽한 긴장감이 맴도는 것 같다.

*　　　　*　　　　*

타다다다닥.

유주의 타이핑 치는 소리만 가득한 조사실엔 조금 초췌한 얼굴의 김충평이 그녀와 마주하고 있었다.

그녀는 김충평에게 비행기의 관리 유무에 대해 물었다.

"제가 알기론 이 비행기가 회사의 수뇌부 중에서도 회장 일가 친인척만 이용하는 것으로 아는데, 맞지요?"

"원래는 그랬지. 하지만 지금은 꽤 많은 중역들이 비행기를 이용해서 출장을 다니곤 하지."

"아아, 그새 제도가 그렇게 바뀌었나요?"

"그나마 얼마 남지 않은 중역들을 대우하자면 이 정도 처우 개선은 필요하다고 느꼈으니까."

대한그룹의 중역들은 유난히도 나이를 많이 먹어서 어지간하면 해외 출장은 잘 보내지 않고 수행비서들이 알아서 처리하는 편이었다.

원래의 회사 정책에 따라 정년을 책정했다면 그들은 진즉 회사를 떠나 시골로 낙향했어야 한다.

하지만 그룹에서는 그들을 필요로 하기 때문에 쉽사리 놓아주지 않았다.

그렇다고 그들의 처우가 아주 좋았느냐 하면 그것은 또 아니었기 때문에 일부 중역들은 스스로 사표를 내고 불명예 퇴직을 하는 경우도 있었다.

이들의 처우가 대단히 좋지 않던 이유는 바로 대한그룹의 후계 구도 싸움 때문이었는데, 양쪽 집안에서 한때 처절한 경쟁을 벌이는 바람에 중역들의 자리가 남아나지를 않았다.

그로 인하여 중역들의 자리는 계속해서 좁아져만 갔고, 결국엔 버티지 못하고 퇴사하는 사람들이 생겨난 것이다.

그런 그들의 처우 개선은 최근까지 이뤄지지 않고 있었는데,

불현듯 갑자기 그들에게 대우를 잘해 주겠다며 비행기까지 대절해 주었던 것이다.

어쩌면 회장 일가가 한 줄기로 통합되면서 처우가 좋아진 것일 수도 있겠으나, 그것이 유주에겐 의심으로 다가왔다.

"갑자기 처우를 개선해 준다……. 뭐, 회장님이 바뀌어서 중역들의 복리후생에 신경을 쓴 것일 수도 있겠군요."

"우리 회사 주식만 쥐고 살기엔 세상이 너무 각박하니까 말이야."

"그렇군요."

그녀는 태하에게 전용기를 대절해 준 것에 대해 물었다.

"그런데 말입니다, 김태하 씨에게 지급되었던 전용기가 바뀐 것은 어떻게 설명하실 건가요?"

"누군가 음모를 꾸민 것이겠지."

"그러니까… 회장님은 이 사실에 대해서 전혀 모르고 있었다는 말씀이시군요?"

"만약 그런 일이 있었다면 비행기를 바꿔치기한 사람을 잡기 위해 검찰에 신고부터 했겠지."

"하지만 그 흑막에 대해선 아는 바가 없으니 신고를 하지 못했다… 뭐 그런 말씀이시군요?"

그는 대답 대신 묵묵히 고개를 끄덕여 답했다.

유주는 더 이상 그에게 들을 대답이 없다는 듯이 타이핑을 마쳤다.

"뭐, 좋아요. 여기서 조사를 마치겠습니다."

"끝난 것인가?"

"예, 그렇습니다. 김충평 씨, 당신은 본 사건에 대한 혐의가 없기 때문에 귀가 조치 하도록 하겠습니다. 현재의 상황으로썬 도주의 우려가 없어 돌려보내는 것이지만, 추후에 다시 참고인 진술을 요청할 수도 있습니다. 그에 따라서 잘 협조해 주셨으면 합니다."

"그렇게 하리다."

이윽고 돌아서는 김충평에게 유주가 말했다.

"저기, 삼촌."

"무슨 일이냐?"

"이건 그냥 검사가 아니라 동네 조카로서 묻는 건데 말입니다. 태린이와 태미 남매는 어떻게 하실 건가요?"

"…어떻게 하다니?"

"회사로 복귀한다고 전면 선언했는데, 이대로 받아들여도 괜찮겠나 싶어서요. 그 카미엘 엑트린이라는 사람, 한국 사람도 아니잖아요?"

그는 슬그머니 미소를 지었다.

"후후, 뭐 어떠냐? 원래 자신이 찾아야 할 자리를 찾은 거야. 그 자리에 외국인을 앉히던 남편을 앉히던 상관없지."

"그러니까 외국인이라도 큰 상관은 없다?"

"머리색으로 사람을 판단하는 시대는 지났다. 타 회사의 회장으로 역임하고 있는 사람이니 오죽 잘해 주겠나?"

"그렇군요."

유주는 김충평에게 깊이 고개를 숙였다.

"그럼 살펴 가세요, 삼촌."

"그래, 너도 하는 일 잘되기를 바란다."

그는 조사실을 나서려다 문득 걸음을 멈추었다.

"아참, 내 정신 좀 봐라. 오랜만에 봤는데 용돈도 못 주었구나."

"…됐어요. 검찰청에서 용돈 받았다간 저 잘립니다."

"삼촌이 조카에게 용돈을 건네는 것도 안 된단 말이냐?"

그녀는 고개를 가로저었다.

"안 돼요. 진짜 큰일 난단 말입니다. 그리고 제 나이가 몇인데 용돈을 주시나요?"

"네가 나이를 먹어봐야 얼마나 먹었다고……. 흠, 아쉽구나."

지금 그는 원래 사람 좋은 미소로 일관하던 푸근한 동네 삼촌 그대로였다.

하지만 이 모습 뒤로 감춰진 날카로운 칼날 때문에 유주는 그 모습이 마치 소름 끼치는 악마처럼 보였다.

'이제 더 이상 돌이킬 수는 없는 거다.'

김충평은 검찰청을 나섰지만 그녀는 그 자리에 서서 한동안 그의 뒷모습을 바라보고 있었다.

*　　　　*　　　　*

BS그룹 본사가 있는 영국 캠브리지에 명화그룹 데이비드 플라워리 사장이 방문했다.

그룹에서 총괄이사로 있는 사장 라일라는 데이비드의 방문을 상당히 의외라고 생각했다.

"명화그룹이라……. 미국 굴지의 그룹인 라이트플라워 가문이 여기까진 어떻게 오셨습니까?"

"비지니스 때문에 왔습니다. 긴히 드릴 말씀이 있어서요. 회장님께선 자리에 계시지 않는 모양이지요?"

"예, 그렇습니다. 현재 한국에서 업무를 주관하시고 계시지요."

"한국이라……. 한국에 연고가 있는 분이셨던가요?"

"그런 것은 아닙니다만……."

그녀는 생전 처음 보는 그에게서 어쩐지 친숙한 느낌을 받았다.

'이상하네. 이렇게 생긴 사람은 태어나 처음인데.'

이 세상에 은발은 염색을 하지 않고선 거의 존재하지 않는다.

최소한 영국에서 자연산 은발을 가진 사람은 라이트플라워

그룹의 플라워리 가문밖에 없었다.

그녀도 말로만 들었지 실제로 자연 은발을 본 것은 오늘이 처음이었다.

그럼에도 불구하고 그는 어딘가 익숙하고도 기분 좋은 그런 느낌이 들었다.

스스로도 이런 상황이 처음인지라 당혹감을 감출 수 없었는데 데이비드 플라워리는 전혀 개의치 않는 모습이다.

"회장님이 계시지 않다면 총괄이사님께 말씀드리면 되겠군요."

"흠흠, 아까도 물었지만 저희 그룹엔 무슨 일 때문에 오셨습니까?"

"이 회사에서 진행하고 있는 사업 중에 보석 사업과 음료수 사업에 관심이 있습니다. 가능하다면 파트너십을 체결하고 싶어서요."

"파트너십이라……. 어떤 형식의 제휴를 원하시는 거죠?"

"우리가 운영하는 백화점과 대형마트에 BS그룹의 물건을 납품하는 겁니다. 그리고 우리 회사에서 운영하는 대형 격투기 브랜드에도 BS그룹의 물건들을 유통시킬 수 있도록 해주십시오. 만약 그렇게 된다면 링과 선수들의 트렁크에 BS그룹의 로고가 들어갈 겁니다. 또한 음료수의 수입 또한 보장해 드리고요."

라일라는 그의 제안이 아주 흥미롭다고 느끼는 반면 뭔가 좀 석연치 않은 구석이 있음을 느꼈다.

"좋은 제안이네요. 하지만 이런 제안은 마케팅 부서를 통해서 충분히 우리에게 언지를 줄 수 있는 부분입니다. 그런데도 불구하고 사장님께서 직접 오시다니, 오너 일가가 우리 회장님께 관심을 보이고 있다고 생각됩니다만?"

"…눈치가 빠르시군요."

이 세상에 학연과 지연을 따지는 나라는 얼마 안 되지만 혈연을 따지는 나라는 꽤 많다.

그것은 민족주의적인 사상과 함께 가족중심적인 친족주의가 미국을 비롯한 민주주의 국가에 꽤 깊이 뿌리박혀 있기 때문이다.

그래서 이따금 가문과 가문이 만나 친목을 도모하게 되면 기업과 기업이 이어져 꽤 끈끈한 파트너십이 채결되기도 한다.

라일라는 아마도 이 남자가 태하에게 접근해서 위와 비슷한 상황을 만들어나갈 것이라고 생각했다.

그는 라일라의 생각대로 자신이 친목 도모 때문에 이곳을 찾았다고 당당하게 밝혔다.

"인재의 곁에는 항상 사람이 따르게 마련이죠. 카미엘 엑트린 회장님의 명성은 익히 들었습니다. 괜찮으시다면 우리 가문에서 식사를 대접하고 싶은데 말입니다."

"개인적인 식사 초대 때문에 이곳까지 오신 것이란 말씀입니까?"

"집안에서 손님을 초대하는 일은 상당히 중요한 일입니다. 초면에 식사 초대를 하는데 얼굴정도는 비춰야 한다고 생각합니다. 그것이 신사 된 도리 아니겠습니까?"

라일라도 원래 라이트플라워 그룹이 영국에서부터 그 뿌리를 이어오고 있다는 사실은 어렴풋이 알고 있었다.

이것은 증권가에 조금이라도 관심을 가지고 있는 사람이라면 당연히 알고 있는 사실이기도 했다.

데이비드는 아주 정석적인 슈트에 신사의 상징이라고 할 수 있는 시계까지 칼같이 선과 각을 유지하고 있었다.

아마도 그는 가문에서 신사적인 행동에 대해서 교육을 받아온 모양이다.

데이비드는 그녀에게 명함을 한 장 건넸다.

明化房

"명화방? 이게 뭡니까?"

"비공식적인 단체입니다. 부탁인데, 회장님께만 이 명함을 보여주십시오. 다른 사람들이 명화방에 대해서 알게 되면 조금 곤란한 일이 생길 겁니다."

"흠⋯⋯."

"그래주실 수 있습니까?"

"뭐, 부탁이시라면 그렇게 해드리겠습니다."

라일라는 명함을 품속에 잘 갈무리했다.

그녀가 명함을 갈무리하자, 그는 또 다른 한 장의 명함을 건넸다.

"이건 제 개인 명함입니다. 나중에 미스 라일라도 함께 초대하고 싶군요."

"저를요?"

"이렇게 아름다운 여성께서 저녁 식사에 참석해 주신다면 너무나 영광일 것 같습니다."

그의 느끼한 멘트에 속이 느글거리는 라일라였지만 회장의 손님을 박대할 수는 없었다.

"…일단 회장님께 의중을 여쭈어본 다음에 확답을 드리겠습니다. 회장님께서 참석하지 않으신다면 저도 그 집안에 방문을 할 수가 없으니까요."

"그렇군요. 하지만 회장님께서 거부하신다고 해도 미스께선 저에게 꼭 연락을 주십시오. 따로 식사라도 대접하고 싶군요."

"아, 예."

보아하니 라일라에게 수작을 거는 것 같은데, 그 방법이 너무 구식이라서 실소가 나올 뻔한 그녀였다.

'중세시대 기사도 이런 구닥다리 멘트를 구사하지는 않을 텐데……'

처음에 받은 좋은 느낌마저 순식간에 사라지는 그녀이다.

*   *   *

김태평 회장이 에이마르 홀딩스와 아파린 투자신탁에 20%의 지분을 몰아주고 그들에게 자금을 출자한 것은 대한정밀의 주주들을 컨트롤하기 위함이었다.

에이마르 홀딩스와 아파린 투자신탁은 크고 작은 지분을 가진 회사들에게 각각 투자하여 그 영향력을 행사했다.

그들은 각 회사의 경영에 참여할 수 있을 정도의 지분을 확보하고 그들의 부채를 직접 매입하기도 했다.

그러면서 점점 그 영향력을 키워나가는 중이고, 에이마르와 아파린은 문어발식으로 다시 자금을 출자시켜 그 주변 기업들에까지 영향력을 끼치고 있었다.

지금까지 에이마르 홀딩스와 아파린 투자신탁이 그 엄청난 덩치를 유지하면서도 적자 행진을 걱정하지 않은 것은 그들이 보내온 배당금 덕분이었다.

태하는 자신이 두 기업을 통합시키고 난 이후 두 분기의 배당금을 전부 주식으로 받았다.

때문에 현재 에이마르 홀딩스와 아파린 투자신탁의 영향력은 점점 더 커져가는 중이다.

하지만 그는 여기서 멈추지 않았다.

그는 최근에 BS그룹이 벌어들인 자금을 전부 해당 기업들에게 다시 재투자하고 있었는데, 그 자금 규모가 무려 1조 원이 넘어가는 중이다.

카미엘 엑트린의 이름으로 된 'BS홀딩스'는 무려 100개가 넘는 회사에 추가 출자를 보내고 있었다.

이른 아침, 태하는 멜리사의 보고를 받고 있었다.

"106개 회사에 대한 투자 현황입니다."

"아직도 배당금 대신 주식을 받고 있나?"

"예, 그렇습니다. 하지만 우리의 자금 5%에 해당하는 꽤 많은 자금에 구멍이 났습니다."

"구멍이 났다?"

"투자 중인 에리조나 제약과 카사미아 어페럴이 도산 위기에 있습니다. 때문에 해당 회사의 주식이 절반 이하로 삭감되었습니다."

"에리조나 제약이라……. 카사미아 어페럴은 그렇다 치고 에리조나 제약의 경우엔 아주 의외로군."

태하가 가지고 있는 주식 중에서도 꽤 큰 부분을 차지한 에리조나 제약의 부도는 부담이 되어 돌아올 수 있었다.

하지만 태하는 이 또한 기회라고 생각했다.

"이들을 우리가 인수하게 되면 자금에 큰 타격이 있나?"

"부채비율이 1% 정도 높아질 수 있습니다."

태하는 두 기업을 자신이 인수하기로 했다.

"이들 회사를 우리가 인수한다."

"대한정밀의 지분 때문이십니까?"

"그것이 절반, 회사에 대한 미래성이 절반."

그녀는 고개를 끄덕였다.

"예, 알겠습니다. 그럼 구조조정실장과 함께 논의해서 인수합병을 진행하겠습니다."

"그리하도록."

이제 태하는 이 모든 회사들이 가진 지분으로 만들어질 대한정밀의 우호지분에 대한 종합 집계를 펼쳐보았다.

106개의 회사가 행사할 수 있는 지분을 전부 따져보면 무려 33%나 된다.

"좋아, 이 정도면 충분히 승산이 있겠어."

대한그룹의 자회사들까진 몰라도 대한정밀의 지분이 이렇게까지 상승한 것은 충분히 호재로 작용하게 될 것이다.

태하는 이 지분을 바탕으로 아버지의 회사를 하나하나 되찾을 계획이다.

*　　　　*　　　　*

대한그룹 정기주주총회가 열리는 날.

웅성웅성.

수많은 사람들이 죽음에서 돌아왔다는 태린을 바라보며 저마다 한마디씩 했다.

"신기한 일이군. 죽은 줄 알고 있던 아가씨가 살아 있었다니 말이야."

"그러게."

"그나저나 지금까지 그녀가 죽었다고 장례까지 치르고 살던 회장님 일가는 도대체 뭘 한 걸까?"

"흠……."

주주들의 의구심이 점점 더 커져가는 가운데 임시회장인 김충평 회장 일가가 들어섰다.

그는 태우와 함께 주주총회장으로 들어섰는데, 어쩐 일인지 태형이 보이지 않았다.

사람들은 김태형의 행방에 대해서도 의견이 분분했으나 그것은 어디까지나 개인적인 의견에 불과했다.

김충평 회장은 주주총회장을 찾은 태린에게 다가왔다.

"태린아."

"……."

그는 눈가에 이슬이 맺혀 앞도 제대로 보지 못하는 상태였지만 태린은 여전히 싸늘한 표정으로 일관하고 있었다.

"…잘 지내고 계신 모양이네요."

"그럴 리가 있나! 내 조카가 죽은 줄 알았는데! 아이고, 아버지! 조상님들이 우리 가문을 돕는 모양이다!"

이윽고 그는 눈을 돌려 그녀의 곁을 지키고 있는 카미엘 엑트린을 바라보았다.

"그나저나 이 청년은 어떻게 알게 된 것이냐? 신문을 보니 BS그룹의 젊은 오너라고 하던데."

"오빠의 친구예요."

"…태하의 친구?"

"오빠가 영국에서 유학하던 시절에 만났다고 하더군요."

"카미엘 엑트린입니다. 태하와는 둘도 없는 친구죠."

"그렇군. 반가우이."

카미엘 엑트린을 바라보는 그의 표정이 그다지 좋지 못했는데, 그것은 김태우 역시 마찬가지였다.

두 사람이 서로 카미엘을 잡아먹을 듯이 노려볼 때, 주주총회장의 문이 열리며 김태형이 모습을 드러낸다.

"죄송합니다. 좀 늦었습니다."

"주주총회가 시작되려 하는데 어디서 무얼 하다가 이제 오느냐?"

"주의하겠습니다, 회장님."

김태평은 멀쩡하게 살아 있는 태린을 바라보며 감회가 새롭다는 듯이 다가왔다.

"태린아, 정말로 살아 있었구나."

"……."

"어디 다친 곳은 없고?"

"…불행히도 그런 곳은 없네."

"불행이라니, 그런 말이 어디 있냐?"

원래 태형과 태린은 그다지 사이가 매끄럽지 못한 사촌지간이었지만 두 사람이 떨어져 있는 동안 그 사이의 골은 더 깊어져 버렸다.

그녀는 이제 그를 마치 벌레 보듯 대하고 있었다.

"그만 가시죠."

"그럽시다."

태린은 카미엘을 데리고 자신의 자리로 돌아갔고, 김충평과 태형, 태우는 그늘진 얼굴로 그들을 바라보았다.

＊　　　＊　　　＊

태린의 등장 이후, 주주총회장은 상당한 긴장감에 휩싸여 있었다.

지주회사인 대한정밀을 포함하여 45개의 상장 계열사의 주식을 30% 이상 보유한 그녀가 과연 어떤 행보를 할 것인지 몰랐기 때문이다.

주주총회 의장인 김태우가 마이크를 잡았다.

―자, 그럼 지금부터 대한그룹 정기주주총회를 시작하겠습니다.

원래 오늘 주주총회의 주된 안건은 임시회장인 김충평 회장이 발의한 대한자동차 수뇌부의 교체이다.

하지만 과연 이 의결이 주주총회에서 확정이 될지는 알 수가 없었다.

원래 김충평은 자신의 지분과 우호 지분을 합산하여 45%에 달하는 표를 가지고 있었다.

이 중에서 지주회사 대한정밀의 지분율은 대략 10%, 태린이 가진 지분율은 7% 남짓이다.

그러나 그것은 태린이 없던 시절의 지분으로, 일부 계열사들이 유상증자를 통해 불린 지분 5%까지 포함된 수치였다.

전체 지분이 5%나 올랐지만 여전히 그녀가 가진 영향력은 무시무시했다.

여기에 그녀가 가지고 있는 잠정적 우호 지분까지 합산하면 표결은 과연 어떻게 풀릴지 알 수가 없었다.

―첫 번째 의제, 대한자동차 대표이사와 다섯 명의 등기이사를 교체하는 내용입니다. 앞에 놓인 찬반 투표 종이에 동그라미와 가위표를 기입하여 투표해 주시면 감사하겠습니다.

표결이 진행되려는 찰나, 갑자기 주주총회장으로 한 무리의 사내들이 쏟아져 들어왔다.

뚜벅뚜벅.

김태우가 눈살을 찌푸리며 말했다.

"뭡니까? 회의가 진행되고 있는 것이 안 보입니까?"

"알고 있습니다. 그래서 우리가 온 것 아닙니까?"

그들은 김태우의 으름장에 대응하듯이 자신의 가슴에 각각 푯말을 붙였다.

아파린 투자신탁

에이마르 홀딩스

순간, 주주총회장이 혼란에 빠져들었다.

에이마르 홀딩스와 아파린 투자신탁은 지주회사의 20%에 달하는 지분을 가진 엄청난 회사였다.

그들은 외국의 투자자본 20%를 손에 쥐고 있는 비공식 단체였지만, 이따금 주주총회에 나타나 이변을 만들어내고 있었다.

저번 대한그룹 사태에서도 그들이 급작스럽게 외국 자본을 가지고 그룹을 휘둘렀기 때문에 유혈사태까지 일어날 뻔한 것이다.

오늘 태린의 대리인으로 참석한 카미엘 엑트린이 그들의 인사를 받았다.

"회장님, 나오셨습니까!"

"그래, 조금 늦었군."

"죄송합니다!"

카미엘은 양쪽 가슴에 아파린, 에이마르의 푯말과 함께 'BS그룹'이라는 명찰을 붙였다.

그제야 사람들은 카미엘의 BS그룹이 흡수한 아파린과 에이마르라는 기업이 문제의 기업이었다는 것을 알아챘다.

"설마……."

"우리 블루스카이 그룹은 각각 에이마르 홀딩스와 아파린 투자신탁의 지분을 전부 흡수했습니다. 그러므로 대한정밀에 대한 지분 20%를 행사할 수 있지요."

그들이 20%의 지분율을 행사하는 것은 주주총회의 흐름을 바꾸는 결정적인 행동이다.

대한정밀의 지분 20%는 전체 지분으로 따지자면 거의 절대적인 수준이라고 볼 수 있었다.

카미엘 엑트린은 회심의 미소를 지었고, 김충평은 한겨울의 빙판처럼 딱딱하고 차가운 얼굴이 되어버렸다.

*　　　　*　　　　*

주주총회의 결과는 대한자동차 이사회를 그대로 유지하는 쪽으로 결론이 났다.

쾅!

"이런 빌어먹을!"

김충평은 일이 이렇게 될 것이라곤 전혀 상상도 하지 못한 모양이다.

그는 단순히 태린이 다수의 지분을 가지고 회사를 휘두를 것이라고 생각했을 뿐, 결정적으로 이렇게 대단한 지원군을 가지고 있을 줄은 몰랐던 것이다.

그는 아들 태우에게 이번 사태에 대해 물었다.

"…도대체 뭐가 어떻게 되어먹은 것이냐?"

"저도 이런 일이 벌어질 줄은 꿈에도 몰랐습니다. 설마하니 카미엘 엑트린 저자가 에이마르 홀딩스와 아파린을 차례대로 먹어치웠을 줄이야……."

원래 그들은 김정문과 블루문 등을 통하여 두 회사를 움직여 대한그룹 사태를 조장했다.

한마디로 이 두 회사는 한때 김충평의 의지에 따라 좌지우지되었다는 소리다.

그런데 지금 와서 갑자기 이런 일이 벌어지다니 도저히 믿을 수가 없었다.

"이제 어떻게 합니까? 저 사람들이 이사회에서 우리를 짓눌러 버리면 모든 것이 끝입니다."

"살길을 모색해야지."

그는 아들 태우의 어깨에 손을 올렸다.

"태우야, 이제 우리에게 남은 것은 굳건한 동맹들을 지키는 일뿐이다."

"예, 아버지."

"이제부터라도 처가에 잘하고 그들과의 관계를 돈독히 하는 데 힘쓰거라."

"…예."

아버지의 당부를 듣는 태우의 마음이 상당히 무거웠다.

처가는 고사하고 지금 아내인 세라와 얘기조차 나눌 수 없는 상황이기 때문이다.

근심이 가득한 태우의 뒤로 조금 수척한 얼굴의 태형이 등장했다.

"회장님, 저 왔습니다."

"그래, 태형이 왔구나."

그는 축 늘어진 태형에게 사람 좋은 미소를 지어 보였다.

"이 세상에 쉬운 일이 하나도 없구나. 그렇지?"

"…그러게 말입니다."

"이정문만 제거하면 끝나는 일인 줄 알았더니 그게 아닌 모양이야."

"이젠 어쩌면 좋습니까?"

"정란이에게 작금의 사태에 대해 알라고 도움을 청해야지."

"제 어머니에게 말입니까?"

"그것이 가장 좋은 방책이 아닌가 싶구나."

"하지만……."

김정란은 김충평과는 거의 남남이나 마찬가지인 사이였다.

지금까지 그녀를 진짜 형제로 대해준 사람은 김태평 회장뿐이었고, 김화평과 김충평은 김정란과 거의 남남처럼 살아왔다.

그나마 그녀가 이 집안과 연결되어 있는 것은 아들 태형이 대한정밀에서 일하고 있기 때문이었다.

만약 그렇지 않았다면 지금쯤 진즉에 인연이 끊어져 버렸을 것이다.

김충평은 그런 그녀를 태형에게 설득해 달라고 부탁했다.

"네 어머니를 설득해 줄 수 있겠니?"

"어, 어머니를요?"

"만약 그녀를 설득할 수 있다면 우리에겐 아주 큰 힘이 될 것이다. 너도 그것은 아주 잘 알고 있지 않느냐?"

"그렇긴 합니다만……."

"할 수 있지?"

김충평의 물음에 그는 마지못해 고개를 끄덕였다.

"…알겠습니다. 그렇게 하겠습니다."

"하하, 그래! 역시 내 조카는 말이 잘 통해서 좋단 말이야!"

지금 그의 입장에선 김충평과 떨어져 무언가를 도모할 수 있는 입장이 아니었다.

그는 태형의 입장을 고려하여 술책을 벌이려는 것이다.

만약 이번 협상이 실패하게 된다면 김충평은 그를 버리는 카드로 인식하게 될 것이다.

이 사실은 김태형 역시 아주 잘 알고 있을 터, 그는 태평을 벼랑 끝으로 내몬 격이다.

"아무튼 일이 이렇게 된 것은 어쩔 수 없는 일이고, 사람은 먹고 마시기 위해 일하는 것 아니겠나? 술이나 한잔하러 가자꾸나."

"예, 숙부님."

세 사람은 최고급 요정으로 자리를 옮겼다.

5. 명화방

　주주총회가 끝나고 난 뒤 태린은 축 늘어진 채 자동차 안에 들어가 있었다.

　"휴우⋯⋯."

　"많이 힘들었지?"

　"괜찮아. 내가 한 일이 뭐가 있다고?"

　태하는 그녀의 어깨를 두드려 주었다.

　"네가 할 일은 거의 다 끝났어. 이제부턴 이 오빠들이 알아서 다 할게."

　"그나저나 이제부턴 오빠가 걱정이야. 저 사람들은 원래 오빠

를 죽이려던 사람들이잖아. 또 무슨 해코지를 하는 것은 아니
겠지?"

"그럴 일은 절대로 없어. 나는 이제 저들이 함부로 건드릴 수
있는 사람이 아니야.

"그렇다면 다행이지만……."

실제로 태하는 저들이 함부로 건드릴 수 있는 인물이 아니었
다.

지금까지 쌓아온 무공만 보아도 그렇고, 정명회와 제노니스
역시 그러했다.

이제 그는 이 세상 그 어떤 누구에게도 뒤지지 않을 정도로
강성한 세력을 가진 사람이 된 것이다.

지이이잉!

동생 태린과 함께 자동차에 앉아 있는 그에게 전화가 걸려왔
다.

[라일라]

요즘 들어 어색한 기류가 흐르는 라일라이다. 전화를 바라보
는 태하의 표정이 미묘하게 일그러졌다.

"라일라군."

"라일라 씨의 전화인데 왜 안 받아?"

"…받아야지."

태린은 태하의 표정을 살피고선 이내 슬그머니 미소를 지었다.

"헤헤, 두 사람 사랑싸움 하는구나?"

"그게 뭔 소리야? 사랑을 해야 사랑싸움을 하지."

"쯧, 이래서 오빠가 안 되는 거야."

"…뭐라고?"

"오빠 혼자서 사랑을 안 한다고 말하면 뭐 해? 라일라 씨는 안 그럴 수도 있잖아."

태하는 그녀의 말을 이해할 수가 없었다.

"그게 무슨 뚱딴지같은 소리야? 그녀가 나를 짝사랑하기라도 한다는 뜻이야?"

"…오빠, 바보야?"

"뭐, 뭐?"

"제삼자인 내가 보기에도 라일라 씨는 오빠를 동경 그 이상의 시선으로 보고 있어. 한마디로 연모하는 감정을 갖고 있다는 소리야."

태하는 고개를 가로저었다.

"에이, 말도 안 되는 소리."

"좋아, 그럼 내가 한번 맞혀 볼게. 요즘 라일라 씨가 오빠를 대하는 태도가 예전 같지 않잖아? 안 그래?"

"그, 그런가?"

"아마도 오빠가 요즘 여기저기 숫내를 뿌리고 다니기 때문에 그런 것이겠지."

"수, 숫내라니, 그 무슨 해괴망측한 소리야?"

"보네거트인가 요거트인가 하는 그 여자 말이야. 그 여자가 요즘 오빠에게 치근덕대는 것을 내가 모를 줄 알아? 듣자 하니 일본 여자도 한 명 달라붙은 것 같던데."

"그거야 다 사업적으로……."

"사업적이지. 남자가 미남계를 쓰는 것도 사업의 한 일환이긴 하지. 하지만 라일라 씨가 보기에도 그럴까?"

"……."

"아마 모르긴 몰라도 라일라 씨는 오빠가 데이트 신청을 해서 정식으로 사정을 물으면 눈물을 한바가지는 쏟을걸."

태하는 태린의 얘기를 한 귀로 듣고 한 귀로 흘리기로 했다.

그가 생각하는 라일라의 이미지는 시기나 질투, 연민의 감정은 전혀 찾아볼 수 없는 여자였기 때문이다.

하지만 그녀가 태하를 흠모하고 있다는 것쯤은 그 역시 아주 잘 알고 있는 사실이다.

다만 라일라가 자신을 보스로서 흠모하고 있다고 생각했다.

'그래, 그게 맞는 얘기지.'

일단 태하는 그녀의 전화를 받았다.

"카미엘 엑트린입니다."

―라일라입니다. 지금 한국에 계시죠?

"그렇지. 이제 막 주주총회가 끝났어."

―결과는 당연히 좋은 쪽으로 나왔겠지요?

"물론이지."

―잘되었군요. 그렇다면 일단 그쪽 일을 빨리 마무리 짓고 미국으로 오셔야겠습니다.

"미국?"

―혹시 명화그룹이라고 들어보셨습니까?

"명화그룹이라……. 라이트플라워 컴퍼니를 말하는 건가?"

―네, 맞아요. 그 명화그룹입니다.

"그런데 갑자기 그 명화그룹은 왜 거론하는 거지?"

―어제 명화그룹 데이비드 플라워리 사장이 본사로 찾아와 회장님께 식사 초대를 해왔습니다.

"사장이 직접?"

―네, 그렇습니다.

태하는 이번 일이 아주 의외라고 생각했다.

보통 사업적인 얘기로 흥미가 생길 경우엔 비서실을 통하여 자리를 마련한다. 개인과 개인이 만나는 자리가 아니라 회사와 회사가 만나는 대외적인 자리이기 때문이다.

그런데 직접 그 본인이 찾아왔다니, 태하를 상당히 존중하고 있다는 것을 반증하는 일이다.

아니, 어쩌면 존중 그 이상의 호감을 가지고 태하에게 접근하고 있는 것인지도 모른다.

"좋아, 내일 비행기로 떠나도록 하지."

―그럼 그렇게 일정을 잡아놓도록 하겠습니다.

"그렇게 하자고."

―예, 그럼.

태하는 전화를 끊으려는 그녀를 붙잡았다.

"잠깐, 라일라."

―무슨 일이십니까? 하명하실 일이라도……

"혹시 시간 괜찮으면 나와 함께 갈 수 있겠나?"

―어디를 말입니까?

"어디긴, 라이트플라워 가문 말이야. 그곳에 함께 가자는 말
이지."

―…갑자기 그건 왜 제안하시는 겁니까?

"별 뜻은 없어. 그곳에서 식사를 마치고 난 후에 술이라도 한
잔하자는 취지지. 그렇게 큰 뜻은 없어."

그녀는 태하의 제안이 아주 뜻밖이라는 듯이 조금 당혹스러
운 모습을 보였다.

하지만 이내 그의 뜻을 자연스럽게 받아들였다.

―좋습니다. 시간을 비우도록 하지요.

이윽고 전화를 끊은 태하를 바라보며 태린이 키득거리며 물
었다.

"쿡쿡, 내 말이 맞네. 지금 라일라는 오빠에게 단단히 삐친

거야. 화가 난 것은 아니고 그냥 토라진 것이라고. 태도가 아주 쌀쌀맞긴 해도 오빠가 하자는 대로 다 따라오잖아?"

"보스가 함께 가자고 하니까……."

"부하는 뭐 사람도 아니야? 보스가 사적인 자리에서 술 한잔 하자고 하면 그냥 인형처럼 다 따라다녀야 하는 거냐고. 오빠는 그런 사람이야?"

"아니, 그런 것은 아니지."

"그럼 답은 이미 나왔어. 오빠가 그녀의 마음을 잘 몰라주니까 삐친 거야. 아님 그 비슷한 것일 수도 있고."

태하는 머리가 아프다는 듯 손을 내저었다.

"아아, 몰라! 아무튼 내일은 미국 좀 다녀올 테니까 한국에 머물고 있어."

그는 자신의 발아래에 있는 실버를 불렀다.

"실버."

"헥헥!"

"태린이를 잘 지켜줘."

"헥헥!"

실버가 있는 한 아마 폭탄 테러 이외의 방법으로는 태린을 해칠 수 없을 것이다.

실버는 화경의 경지에 이른 대단한 늑대이기 때문이다.

녀석은 태하의 명령에 반응하듯 태린의 발 아래로 다가와 그녀의 구두에 머리를 대고 앉았다.

"헥헥……."

"귀찮은 녀석."

이제는 제법 가까워져 알아서 교감하며 지내는 태린과 실버이다.

태하는 운전대를 잡은 제프에게 태린을 수행할 수 있도록 지시했다.

"히트맨 중에서 가장 재빠른 사람들만 추려서 태린이를 수행할 수 있도록."

"예, 보스. 제가 직접 수행하면서 플랜을 짜겠습니다."

"그럼 더 좋고."

제프는 히트맨 중에서도 능력이 가장 좋은 사람이니 위협에서 가장 자유로울 수 있을 것이다.

＊　　　　＊　　　　＊

미국으로 돌아가기 전날 태하는 태린을 데리고 유주를 찾아갔다.

유주는 상당히 바쁜 나날을 보내고 있음에도 불구하고 두 사람을 위해 기꺼이 시간을 내줬다.

"언니!"

"태린아!"

태린과 유주는 오랜만의 재회를 자축하기라도 하는 듯 뜨겁게 포옹을 나누었다.

두 사람은 손을 마주 잡고 그간의 근황에 대해 물었다.

"잘 지냈지?"

"응! 언니는 어떻게 지냈어?"

"공안으로 부서를 옮겼어. 태하 덕분에 조만간 진급할 수도 있을 것 같고."

"잘됐다! 하여간 여자 문제 빼면 나무랄 데가 없는 사람이 우리 오빠라니까."

"여자문제?"

고개를 갸웃거리는 그녀에게 태하가 실소를 흘리며 답했다.

"그냥 어린 마음에 지레짐작하는 거야. 별 쓸데없는 소리라는 뜻이지."

"뭐야, 그게?"

"무슨 소리긴, 헛소리지."

이윽고 태하는 유주에게 항공기 바꿔치기 사건에 대해서 물었다.

"그나저나 대한그룹 창고에 있던 항공기에 대한 조사는 어떻게 되었어?"

"네가 말해준 대로 아주 정확하게 그곳에 있더군. 그래서 며칠 전에 두 부자를 소환해서 조사했어."

"혐의 입증은?"

"아직은 불가능해. 그들이 비행기를 바꿔치기했다는 결정적인 증거가 없으니까."

"흠, 결정적인 증거만 있으면 언제라도 두 사람을 감옥으로 보낼 수 있다는 뜻이군."

"마음만 먹는다면."

태하는 이럴 때를 대비해서 사설 감옥을 만들어놓고 관련자들을 죽이지 않고 모두 다 가두어 두었던 것이다.

아마 박창명 한 사람만으로도 두 사람은 충분히 감옥으로 들어갈 수 있을 터였다.

하지만 아직 계열사 사장단을 모두 응집시키지 못해 함부로 움직일 수 없는 상황이었다.

"아직 일이 마무리되지 않았지만, 고지가 얼마 남지 않았어. 누명을 벗을 날이 다가왔으니 조그만 참으라고."

"그래, 그래야지."

이윽고 유주는 태하에게 국사모에 대한 파일을 넘겨주었다.

"자, 받아. 네가 말한 국사모에 대한 파일이야."

"이것이 공안 지하실에 있다니, 우연치곤 운이 좋았네."

"그러게 말이야. 나도 공안부에 이런 파일이 있을 줄은 꿈에도 몰랐어. 물론 자료들이 거의 수박 겉핥기식으로 작성되긴 했지만 없는 것보다는 나을 것 같더라고."

"좋아, 이것만 있어도 조금 수월하겠어."

태하는 대한그룹을 되찾음과 동시에 이 모든 사건의 흑막인 국사모에 대한 조사를 벌일 생각이다.

만약 그들 때문에 부모님이 돌아가셨다면 국사모 역시 태하의 적이기 때문이다.

"아무튼 고맙다."

"고맙긴. 네가 국사모를 쳐부수고 나에게 범인들을 넘긴다면 나는 일약 스타가 되는 것인데 상부상조 아닐까?"

"후후, 그게 그렇게 되나?"

태하 덕분에 유주는 명실상부한 떠오르는 신성으로 취급되고 있었다.

앞으로 두 사람이 함께 풀어나갈 사건이 산더미이니 그 끝이 어디인지는 알 수가 없었다.

*　　　*　　　*

뉴욕 맨해튼의 한 고층 아파트 앞.

부아아아앙!

깔끔한 정장 차림의 태하가 운전석에서 모습을 드러냈다.

"이곳인가?"

"그런 모양입니다."

조수석에 앉아 있던 라일라가 자동차 밖으로 나왔는데, 그 모습이 가히 숨이 막힐 정도였다.

몸에 딱 달라붙는 빨간색 원피스에 빨간색 립스틱을 바른 그녀는 뇌쇄적인 매력이 철철 흘러넘쳤다.

만약 질투의 여신 헤라가 그녀를 발견한다면 분명 번개를 내리고도 남을 정도였다.

태하는 그녀의 관능적인 모습에 잠시 넋을 잃었다.

"……."

"회장님?"

"험험, 가지."

두 사람이 아파트 앞에 도착하자마자 기다렸다는 듯이 그 안에서 한 무리의 남자들이 쏟아져 나왔다.

그들은 전부 검은색 정장을 입고 있었는데, 그 상의가 상당히 독특했다.

"차이나 슈트?"

"미국 한복판에서 보기는 참으로 힘든 복장인데 이렇게나 많은 사람들이 입고 있다니 의외로군요."

한때 차이나 슈트가 유행한 적은 있었지만 미국 사람들은 전통적인 양장을 선호했다.

그런 것을 생각해 볼 때, 아무래도 명화그룹은 조금 독특한 취미를 가진 사람들이 아닌가 하는 생각이 들었다.

태하와 라일라는 그들의 안내에 따라 아파트 안으로 들어섰다.

"가시죠. 모두 기다리고 계십니다."

"그럽시다."

두 사람이 아파트 안으로 들어서자, 입구에서 적외선 센서가 몸을 수색하기 시작했다.

삐비빅, 삐비빅!

"아파트의 보안을 위해 만든 물건입니다. 언짢으셔도 참아주시면 좋겠군요."

"아닙니다. 보안이 철저한 것이 나쁜 일은 아니니까요."

적외선 센서를 지나고 난 후에도 금속탐지기와 엑스레이 촬영이 이어졌다.

그렇게 총 다섯 단계를 거치고 난 후에야 두 사람은 온전히 건물 안으로 들어설 수 있었다.

"고생 많으셨습니다. 위로 올라가시죠."

"…좋습니다."

태하는 다소 복잡한 절차를 거치고 나니 이 고급스러운 아파트가 마치 군사 시설처럼 느껴졌다.

잠시 후, 태하를 태운 엘리베이터가 꼭대기에 도착했다.

팅!

엘리베이터 문이 열리자마자 그 앞에 서 있던 은발의 청년이 태하를 맞이했다.

"카미엘 엑트린 회장님?"

"예, 그렇습니다."

"반갑습니다. 데이비드 플라워리입니다."

"아아, 말씀 많이 들었습니다. 아주 능력이 좋은 CEO라고 하더군요."

"과찬이십니다."

이윽고 그는 라일라의 손을 잡고 그 위에 입을 맞추었다.

춥.

"……"

"레이디 라일라, 제 초대에 응해주신 것이군요?"

"그렇다고 해두지요."

"그렇다면 함께 식당 안으로 들어갈 수 있는 영광을 주시겠습니까?"

그녀는 태하의 눈치를 보았고, 그는 떨떠름하나마 고개를 끄덕였다.

"그럼 함께……"

"하하, 감사합니다."

그는 자연스럽게 그녀의 팔을 자신의 팔에 두르곤 저벅저벅 걸어 식당 안으로 들어가 버렸다.

잠시 황당한 표정을 짓고 있던 그에게 은발의 여인이 다가와 팔짱을 꼈다.

"저와 함께 가시죠."

"플라워리 가문의 일원이신 모양이지요?"

"예, 그렇습니다. 자세한 얘기는 안으로 들어가서 하시지요."

"그럽시다."

태하는 그녀와 함께 식당 안으로 들어섰다.

* * *

플라워리 가문의 식탁은 서양식 테이블에 동양의 음식으로 채워져 있었다.

카퍼데일 회장은 태하의 방문을 진심으로 반기며 기뻐했다.

"준수한 청년이군요. 듣던 대로 미남입니다."

"과찬이십니다."

태하는 카퍼데일의 피에 동양인의 것이 조금 섞여 있음을 어렵지 않게 알 수 있었다.

많이 희석되긴 했지만 그의 눈동자와 이목구비는 분명 동, 서양 혼혈의 특징이 전부 다 나타나 있었다.

처음 보았을 때엔 몰랐지만 데이비드와 그의 여동생 아이린 역시 동양인의 피가 섞여 있었다.

아마도 이곳의 경호원들이 전부 차이나 풍 슈트를 입고 다니는 것도 그것과 관련이 있을 것이다.

카퍼데일 회장은 태하에게 술을 한잔 권했다.

"한잔 받으시지요. 우리 집안 대대로 내려져 오는 화주입니다."

"감사히 받겠습니다."

태하와의 연배 차이가 거의 증조부까지 올라가는 카퍼데일이었지만 꼬박꼬박 존대를 사용했다.

그의 자세한 습관까진 알 수 없지만 분명한 것은 그가 아주 예의를 중시하는 사람이라는 것쯤은 알 수 있었다.

두 사람은 소리 없이 잔을 비운 후 대화를 이어나갔다.

"듣자 하니 대한그룹과 아주 가까운 사이라고 하더군요. 보네거트와는 전략적 동맹관계이고요."

"대한그룹의 김태하 총괄이사는 제 절친한 친구입니다. 비록 지금은 자리에 없지만 말입니다."

"아아, 그렇군요."

카퍼데일은 태하에게 사업에 관한 얘기를 꺼냈다.

"우리 그룹에서 운영하는 격투기 브랜드에 귀사의 제품을 런칭했으면 하는데, 어떻게 생각하시는지요?"

"격투기 브랜드라……."

"스포츠 음료를 광고하는 데 이만한 스폰서는 없다고 생각합니다. 그렇지 않습니까?"

"그렇다면 그에 따른 조건은 어떻게 됩니까?"

"미국 현지에 해당 음료수를 유통하는 판매망을 우리가 담당할 수 있도록 해주시는 겁니다. 어때요?"

현재 태하의 유통망은 보네거트 가문과 엮여 있지만 그 수요가 점점 늘어나 확충이 필요한 시점이었다.

이 폭발적인 물량을 이들이 담당해 준다면 자금에 조금은 부담이 되겠지만 유통망에 대한 안정성이 보장되는 셈이다.

또한 이들이 가진 대형마트 점유율은 거의 절대적인 수준이기 때문에 태하에겐 상당히 괜찮은 조건이었다.

그는 당연히 카퍼데일 회장의 제안을 흔쾌히 받아들였다.

"좋습니다. 회장님께서 저희 그룹에 도움의 손길을 주신다면 감사히 받겠습니다."

"하하, 그래요. 시원시원한 업무 처리가 아주 보기 좋군요."

"과찬이십니다."

카퍼데일 회장은 태하에게 자신에게 조금 더 시간을 할애할 것을 제안했다.

"식사가 끝나고 바둑 한 수 어떠십니까? 초면에 대국을 청하는 것이 실례인 줄은 압니다만, 젊은 피와 두는 바둑이 자못 궁금하군요."

"그럼 한 수 부탁해도 되겠습니까?"

"하하, 잘 부탁합니다."

두 사람은 식사를 마친 후 아파트의 거실로 향했다.

* * *

카퍼데일 회장은 태하에게 흑돌을 양보했다.

백돌을 잡은 카퍼데일은 여섯 집 반이라는 핸디캡을 권유했지만 태하는 그것을 정중히 거절했다.

당연히 연배가 많은 카퍼데일이 태하에게 아량을 베푸는 것이 맞는다고 생각한 플라워리 가문 사람들은 의외라는 생각을 했다.

카퍼데일 회장의 바둑 실력은 프로기사들도 인정하는 것이기에 태하가 무조건 핸디캡을 쥐어야 한다고 생각한 것이다.

그러나 대국이 시작되고 난 후 30분이 지나자, 그들의 생각은 점차 바뀌어가기 시작했다.

일방적으로 밀릴 줄 알았던 태하의 수가 생각보다 날카롭고 단단했기 때문이다.

막힌 수가 있으면 과감하게 포기하고 죽은 집에 집착하지 않으며 대마를 잡기 위해 온갖 묘수를 다 부렸다.

전혀 생각지도 못한 곳에서 변수가 툭툭 튀어나오는 태하의 바둑은 천하의 카퍼데일도 버거울 정도였다.

카퍼데일은 웃으며 주름진 미간을 일그러뜨렸다.

"하하, 이것 참, 바둑에 대한 이해가 이렇게 깊은 줄은 몰랐습니다. 바둑을 얼마나 두었습니까?"

"이번이 두 번째입니다. 원래는 아버지와 장기를 많이 두었지요."

순간, 플라워리 가문 사람들의 얼굴에 놀라움이 가득 찼다.

"허, 허어! 겨우 바둑을 두 번 두고 아버님과 자웅을 겨루고 있단 말인가!"

"대, 대단하군!"

사실 태하의 입장에선 카퍼데일 회장이 바둑을 잘 두는지 어떤지 알 수 없었다.

왜냐하면 태하는 바둑이라는 것을 접해본 기억이 아주 까마득하기 때문이다.

그나마 아버지에게 바둑을 배우지 않았다면 룰조차 모르고 있었을지도 모른다.

그가 이렇게 신묘한 수를 둘 수 있는 것은 바둑이 검과 아주 흡사하기 때문이었다.

태하의 스승 천하랑은 그에게 가끔 논검을 청하여 검의 깊이에 대해 설명하곤 했다.

글과 그림으로 정리한 검법과 권법을 말로서 설명하고 상대방의 논검이 공격하는 길을 말로서 막아내는 것은 그리 쉬운 일이 아니었다.

공력이 없는 싸움에서 승리를 점한다는 것은 검의 길에 대한 이해는 물론이고 앞으로 최소 50수 이상은 내다보아야 가능한 일이었다.

태하는 천하랑에게 항상 참패를 맛보곤 했지만 그로 인하여 수에 대한 안배를 두는 혜안이 생기기 시작했다.

카퍼데일 회장 역시 수에 대한 혜안을 마련하는 데 탁월한 재능이 있었지만 집중력에서 약간 밀리는 모습을 보였다.

대국 한 시간째, 카퍼데일 회장은 결국 아주 중대한 실수를 범하고 말았다.

잘 몰아가고 있던 대마를 한순간에 놓치고 자신의 대형이 무너지는 수를 두고 만 것이다.

"이런, 실수를 범했군요."

"제가 운이 좋았습니다."

카퍼데일 회장은 이쯤에서 승부를 결정짓기로 했다.

"어차피 더 두어봐야 승부는 뻔하군요. 이쯤에서 정리합시다."

"그러시지요."

여섯 집 반을 접어 두려던 카퍼데일 회장은 오히려 여섯 집 차이로 태하에게 패배하게 되었다.

태하는 정중히 고개를 숙였고, 카퍼데일 회장은 아주 호탕하게 웃었다.

"좋은 승부였습니다."

"한 수 배웠습니다."

이윽고 악수를 청하는 카퍼데일. 태하는 그 손을 아주 겸허한 태도로 잡았다.

휘이이이잉!

바로 그때, 어디선가 차가운 바람이 불어왔다.

다른 사람들은 느끼지 못하고 있는 것 같았지만 태하는 그것을 아주 또렷하게 느낄 수 있었다.

'이, 이것은……!'

이 차가운 바람은 다름 아닌 카퍼데일의 손에서부터 뿜어져 나오고 있었다.

태하는 단박에 그가 꽤나 깊은 내공을 가진 무공의 고수라는 사실을 알 수 있었다.

적어도 화경의 경지, 어쩌면 현경의 경지를 뛰어넘었을지도 모른다.

'진정으로 무공을 익힌 사람이 현세에도 존재한단 말인가?'

이 세상에는 아주 많은 경우의 수가 있지만 태하는 사실상 무공의 명맥이 산업혁명 이후 끊어졌다고 생각했다.

그 생각이 거의 정설이라고 여겼는데 그것이 여지없이 무너지고 말았다.

조금 당혹스러운 표정을 짓는 태하에게 카퍼데일이 말했다.

"오늘은 이쯤에서 돌아가시는 것이 좋겠군요. 늙어서 바둑을 두었더니 좀 피곤하군요."

"예, 회장님. 나중에 기회가 된다면 또 찾아와도 되겠습니까?"

"하하, 편하실 때 언제든 찾아오십시오."

그는 자신의 개인 회선 번호가 적힌 명함을 건넸다.

"찾아오실 때 저에게 전화 주시면 됩니다."

"감사합니다."

"나중에는 장기를 두어봅시다."

"예, 그리하시지요."

태하는 이 집안과의 수교를 잠정적으로 확정 지으며 플라워리 가문의 본가를 나섰다.

*   *   *

태하가 떠나고 난 후 카퍼데일 회장은 감격에 찬 표정을 지었다.

"…진짜 후계자가 나타났다! 그분은 최소한 현경에 오른 고수다!"

"현경……! 저 젊은 나이에 말입니까?"

"무공의 깊이는 나이와 상관이 없다던 사부님의 말씀은 사실이었다."

그는 흥분되는 마음을 감출 길이 없어 연신 미소를 짓고 있었다.

"아아, 이 늦은 나이에 천검진의 주인을 만나게 될 줄이야!"

"아버님, 그렇다면 저분이 과연 건곤대나이를 전수한 것일까요?"

"그건 알 수가 없단다. 하지만 중요한 것은 우리 가문의 비기를 저 사람이 찾아낸 것만은 확실해."

카퍼데일 회장은 젊어서부터 지금까지 집안의 절학인 천마신공을 익히면서 그 상승무공들을 찾아다녔다.

하지만 지금까지 천마신공의 상승무공은 그 흔적을 찾을 수가 없었다.

다만 천마신교 최고의 고수이던 천하랑이 죽으면서 어딘가에 한빙검과 함께 그 절학을 묻어두었다는 전설이 내려져 올 뿐이었다.

그는 한빙검의 고향인 북방을 평생 뒤지고 다녔고, 결국엔 그 작은 흔적들을 찾아낼 수 있었다.

그리고 그곳에서 천검진의 무덤인 천가고묘를 발견하여 그 주변을 계속해서 맴돌고 있었다.

카퍼데일은 고운 옥빛으로 빛나는 작은 보함을 꺼내보았다.

스르르릉!

북해빙궁의 영롱한 기운이 감도는 이 보함은 천하랑의 아내 설화령이 시집올 때 예물로 삼은 보물로 추정되었다.

보함 안에는 천하랑의 글귀로 보이는 짧은 시가 들어 있었고, 설화령은 그 주변으로 수묵화를 그려 넣었다.

한마디로 이 보함은 부부가 백년가약을 맺을 때 서로의 마음을 확인하는 소중한 수단이었던 것이다.

이 물건이 발견된 곳은 러시아 레나강 하류 지역이었는데, 주변에는 아직도 마을이 하나도 서 있지 않았다.

카퍼데일은 이 보함이 발견된 곳 인근이 바로 북해빙궁이라는 추측을 내놓았다.

그 이후 50년, 그는 하루가 멀다 하고 러시아와 미국을 오가며 북해빙궁의 정확한 위치를 찾아다녔다.

그러던 어느 날, 드디어 그의 끈질긴 정성에 빛을 발하는 때가 왔다.

보함이 발견된 지역의 인근에서 진기의 폭발이 일어난 것이다.

카퍼데일은 물론이고 플라워리 가문의 모든 사람들이 그 진기의 폭발이 일어난 진원지를 찾아 힘을 모았다.

비록 진원지를 찾아내진 못했지만 카퍼데일은 그보다 더 중요한 사실을 알아냈다.

자신이 익힌 무공과 비슷한 종류의 진기가 남긴 흔적에서 그보다 더 상위의 존재가 느껴진 것이다.

카퍼데일은 어쩌면 천가의 무공을 전수 받은 누군가가 폐관 수련에서 깨어났을 것이라고 생각했다.

그래서 지금까지 그 흔적을 따라서 전력을 다해 움직이고 있던 것이다.

"50년, 무려 반백년이다. 그 긴 세월을 이제야 보상 받는 모양이야!"

"천검진은 아버님 평생의 역작입니다. 저 청년의 정체를 더 자세히 알아봐야 하지 않겠습니까?"

그는 고개를 가로저었다.

"차차 알게 될 것이다. 그러니 너무 서두르지 말거라."

"예, 알겠습니다."

명화방은 지금까지 천마신공의 상승무공을 익힌 그를 예의 주시하고 있다가 최근에서야 줄을 대기 시작했다.

아마 조만간 그들이 납득할 만한 결과가 나올 것이라고 확신하는 그들이었다.

6. 라일라

맨해튼의 한 고급 술집.

빰빠바바바밤~

낮은 재즈 선율이 울려 퍼지고 있는 이곳에서 태하와 라일라가 술잔을 기울이고 있다.

그녀는 의외라는 듯이 물었다.

"이런 분위기는 안 좋아하시는 줄 알았습니다만?"

"가끔은 괜찮아. 사람이 어떻게 매일 소주만 마시고 살 수 있겠어?"

유학 생활을 오래한 태하지만 어려서부터 아버지가 마시던

소주 때문인지 포장마차나 평상에서 먹는 막회를 좋아한다.

하지만 유학 생활을 오래한 만큼 외국의 술 문화에도 꽤나 익숙한 태하였다.

그는 버번을 한 잔 넘기며 말했다.

"그나저나 요즘 왜 이렇게 쌀쌀맞은 건가?"

"…제가요?"

"무슨 일이 있는지 알 수는 없지만, 요즘 들어 꽤나 쌀쌀맞아진 것 같단 말이지."

"……"

"자네답지 않아. 분명 뭔가 중차대한 사정이 있겠지?"

그녀는 고개를 가로저었다.

"그런 것은 없습니다."

"아무런 사정이 없다? 그런데 사람이 하루아침에 그렇게 바뀐단 말이야?"

"바뀐 것은 없습니다. 그냥 일반적인 회장과 총괄이사의 사이가 유지되는 것뿐이지요."

태하가 보기에 그녀는 평소와 다름없는 표정이었지만 어쩐지 말투에 가시가 있는 것 같았다.

그는 슬슬 머리가 아파온다.

"…아무튼 별일이 없다니 다행이군. 나는 개인적인 신변에 문제가 생긴 것은 아닌가 싶어서 걱정했거든."

"그럴 일 없습니다."

태하는 토라진 그녀의 태도에서 조금 주제를 바꾸어 얘기를 나누기로 했다.

"그나저나 지금까지 일하면서도 라일라 자네에 대해서 아는 것이 별로 없군."

"저에 대해서라면……."

"지금까지 어떻게 살아왔는지, 또는 어떻게 하여 여기까지 흘러왔는지 말이야. 그러고 보면 우리는 눈앞에 주어진 것만 따라 갔지 서로에 대해서 아는 것이 그리 많지 않군."

그녀는 쓸쓸하게 웃는다.

"…저는 회장님에 대해 잘 알고 있습니다만?"

"그런가?"

"어려서부터 지금까지 어떻게 살아왔는지, 인생의 굴곡이 어떤지 모두 다 알고 있습니다."

"그, 그렇군."

"술을 좋아하고 운동을 별로 즐기지 않으십니다. 하지만 이 상하게도 몸이 생각보다 좋지요."

"……."

"좋아하는 음식은 한식, 그중에서도 국물이 있는 찌개를 주로 드십니다. 싫어하는 음식은 딱히 없지만 단것은 별로 좋아하지 않으시지요. 주무실 때엔 언제나 배를 땅에 대로 엎드려 주무시고 두꺼운 이불이 없으면 깊이 잠을 못 주무십니다. 좋아하는 색깔은 검은색, 혹은 흰색이고 무조건 편한 옷보다는 적당히 멋이 있는 옷을 좋아하시지요. 한마디로 외모에 조금은 신경을 쓴다고나 할까요?"

그녀는 태하에 대해선 아예 모르는 것이 하나도 없을 정도로 세세히 알고 있었다. 그의 취미부터 특기, 호불호와 습관까지 전부 다 파악하고 있었다.

하지만 그에 반해 태하는 그녀에 대해 아는 것이 별로 없었다.

"…미안하군."

"뭐가 말입니까?"

"지금까지 나는 자네를 운명공동체라고만 생각했지 그에 대해 아는 것이 전혀 없었어. 이것 참 면목 없게 되었어."

라일라는 고개를 가로저었다.

"아닙니다. 이 모든 것은 제가 좋아서 하는 일입니다. 회장님은 잘못이 없지요."

태하는 가만히 라일라를 바라보며 물었다.

"저기, 라일라."

"예, 말씀하십시오."

"괜찮다면 앞으로 일주일 동안 배낭여행을 떠나는 것이 어때?"

"배낭여행을요? 갑자기 그건 왜……."

"지금까지 우리가 일하면서 단 하루라도 제대로 쉰 적이 있나? 헨리 포드는 휴식이 없는 사람은 브레이크 없는 자동차나 다름없다고 말했지. 우리도 언젠가 지쳐 쓰러질 날이 분명히 올지도 몰라."

그녀는 고개를 가로저었다.

"안 됩니다. 멜리사가 난리를 칠 겁니다."

"괜찮아. 내가 설득하면 돼."

"…한국에 있는 동생들은 어떻게 하실 겁니까?"

"정명회와 제노니스가 지키고 있는데 무슨 걱정이야? 그리고 잘 모르는 모양인데, 실버는 생각보다 강한 녀석이야. 사람들은 그저 덩치가 큰 개라고만 생각하는데 호랑이 떼와 싸워도 이길 수 있다고."

이 세상에 화경에 오른 개과 동물이 과연 얼마나 있을까?

태하는 천 명의 경호원이 붙는 것보다 실버 한 마리가 낫다는 사실을 익히 알고 있었다.

그래서 그녀를 두고 다닐 때에도 그리 불안한 감을 느끼지 못한 것이다.

괜히 태린을 핑계로 배낭여행에서 빠져나가려던 라일라는 태하의 한마디에 입을 닫고 말았다.

"가자. 같이 머리 좀 식히자고. 해치지 않을게."

"훗, 제가 무슨 어린아이입니까? 해치고 말고를 따지게."

"그러니 가자고. 어른인데 배낭여행쯤은 괜찮잖아?"

그제야 그녀는 고개를 끄덕였다.

"좋습니다. 함께 가시지요. 행선지는 어디로 정하실 겁니까?"

"훗, 따라와 보면 알아."

태하는 빙그레 미소를 지어 보였다.

＊　　　　＊　　　　＊

다음날, 아주 편한 차림으로 무작정 공항으로 향했다.

두 사람은 근처 아웃도어 매장에서 여름옷과 겨울옷, 간절기 옷을 각각 두 벌씩 준비해서 배낭을 꾸렸다.

여기에 세면도구와 여권, 현지에서 사용하게 될 약간의 현금을 챙겨 여행 준비를 마쳤다.

공항으로 가는 두 사람의 복장은 영락없는 배낭여행객 그 이상도 이하도 아니었다.

태하는 공항 티켓박스로 가서 여권을 제시하며 말했다.

"유럽 지역 중에서 지금 당장 취항하는 항공이 뭐 있습니까?"

"지금 당장 떠나는 항공 중에서 자리가 있는 항공기를 말씀하신 겁니까?"

"예, 그렇습니다."

"으음, 글쎄요. 아주 많아서 뭐라고 말씀드리기가 좀 곤란하네요."

"그럼 그중에서 아무것이나 두 장 주십시오."

"아무것이나요?"

"그냥 손에 집히는 것 아무거나 주시면 됩니다."

그녀는 재미있다는 표정으로 태하를 바라보았다.

"배낭여행을 떠나시나요?"

"예, 그렇습니다. 이를테면 랜덤 여행이라고나 할까요?"

"랜덤 여행이라……. 취지가 아주 좋네요."

항공사 직원은 태하에게 노르웨이행 티켓 두 장을 건넸다.

"이곳에서부터 여행을 시작하시면 될 겁니다. 단일 투숙으로도 인기가 좋지만 유로패스를 타고 유럽 대륙을 여행하는 것도 좋겠지요."

"고맙습니다."

티켓 값을 지불한 태하는 그것을 가지고 바쁘게 걸음을 옮겼다.

"가자고. 시간이 별로 없어."

"갑자기 노르웨이로 떠나다니……."

"원래 랜덤 여행은 발길이 닿는 대로 떠나는 것이 제맛이야."

그녀는 실소를 흘렸다.

"홋, 랜덤 여행이라니. 보스다운 생각이군요."

"후후, 원래 사람이 창의적일수록 잘 노는 법이지. 이번 여행에선 보스라는 호칭과 회장이라는 호칭은 빼기로 하지."

"그럼 뭐라고 하나요?"

"편한 대로 불러. 태하라고 불러도 좋고 카미엘이라고 불러도 좋아."

그녀는 갑자기 이름을 부르라는 태하의 지령에 당혹감을 감추지 못했다.

"아, 아무리 그래도 어떻게 보스의 이름을……"

"오늘은 자네의 보스가 아니라 그냥 친구쯤으로 생각하라고. 어때?"

라일라는 태하를 가만히 바라보다가 이내 결심했다는 듯이 말했다.

"태하 씨… 라고 부르겠습니다."

"그래, 그 정도면 좋겠어. 그럼 출발해 볼까?"

"그래요, 태하 씨."

뒤에 '씨'라는 호칭이 붙긴 했지만 그래도 이름을 부른 것 자체가 장족의 발전이었다.

이윽고 태하는 손목에 채워져 있는 시계를 바라보며 화들짝 놀라 외쳤다.

"이크! 큰일이다! 이제 곧 탑승 마감할 시간이야!"

"어서 뛰어요!"

두 사람은 자신들도 모르게 손을 잡고 비행기 티켓팅 현장으로 달리기 시작했다.

대략 3분 후, 두 사람은 문을 닫으려는 항공사 직원을 가까스로 붙잡으며 출입구에 도착할 수 있었다.

"잠깐! 사람 있습니다!"

"아아, 지각생 두 분이 지금 오셨군요."

"미안합니다. 갑자기 예약하는 바람에 좀 늦었습니다."

"아닙니다. 안으로 들어가시지요."

그녀는 티켓을 보여 달라는 제스처를 취하려다가 실소를 흘리며 말했다.

"사이가 좋은 것은 보기 좋습니다만, 출입 게이트는 한 사람씩밖에 못 지나갑니다."

"아아……!"

그제야 손을 잡고 있다는 사실을 인지한 두 사람은 화들짝 놀라 손을 놓았다.

"험험! 그, 그렇군요!"

"태하 씨, 그럼 저 먼저……."

라일라는 재빨리 티켓을 제시하고 비행기 안으로 쏙 들어가 버렸다.

항공사 직원은 고개를 갸웃거리며 태하에게 물었다.

"어라? 두 사람은 연인이나 부부가 아니었나요?"

"…노코멘트 하겠습니다."

"후후, 그래요."

그는 항공사 직원들의 흥미진진한 관심을 받으며 비행기에 탑승했다.

* * *

오슬로 가르데르모엔 공항에 도착한 태하와 라일라는 한껏 옷깃을 여몄다.

"생각보다 쌀쌀하군요."

"한국과는 기후가 다르니까."

가을로 접어든 오슬로는 이제 슬슬 한기가 스멀스멀 피어오르고 있었다.

하지만 두꺼운 파카를 입거나 등산복을 겹겹이 껴입어야 하는 냉대기후는 아니라서 걸어 다니는 데는 전혀 지장이 없었다.

태하와 라일라는 항공사 직원의 추천대로 오슬로 공항 인근에서 유로패스를 구매하여 그 표를 지참했다.

이제 두 사람은 오슬로 시가지를 돌아다니면서 이 나라에 어울리는 술과 음식을 맛보기로 했다.

"오슬로엔 뭐가 맛있지?"

"글쎄요. 보통은 사람이 많은 곳이 맛있지 않을까요?"

"하긴, 맛이 있으니까 사람들이 몰리는 것이겠지."

이번 여행에서 두 사람은 핸드폰과 인터넷을 사용하지 않기로 했다.

일주일간은 회사 전화도 받지 않을 것이며, 가족에게도 하루에 한 번씩만 전화하기로 했다.

두 사람은 공항을 빠져나와 우선 오늘 묵을 방부터 알아보기로 했다.

인터넷 없이 그냥 걸어서 수소문으로 호텔을 구한다는 것이 쉽지 않을 것 같았지만, 말만 통하면 못할 것도 없었다.

태하와 라일라는 전 세계에서 가장 많이 사용되는 언어는 거의 다 구사할 수 있었기 때문에 불편함 없이 수소문할 수 있었다.

오슬로 시가지에서 지하철을 따라 조금만 이동하면 나온다는 작은 호텔에 도착한 태하는 몇 번이고 그 앞을 두리번거렸다.

"여기가 호텔 맞아? 간판도 없는데?"

"그러게 말입니다."

길거리에서 수소문한 호텔은 가격이 아주 저렴해서 이 근방에 사는 사람이면 무조건 그곳을 추천한다고 했다.

하지만 그곳에는 그저 간판이 없는 식당만 즐비할 뿐이었다.

일단 태하는 그가 지목한 호텔의 문을 열고 안으로 들어가 보았다.

딸랑!

"네, 어서 오세요."

"여기가 호텔 맞습니까?"

"네, 그렇습니다. 예약은 하셨나요?"

"아니요, 그냥 왔습니다. 방이 있을까요?"

"잠시만 기다려 주십시오."

아무리 저가 호텔이라고 해도 간판도 없이 장사를 하다니, 요즘 발달한 인터넷 때문에 별다른 홍보 수단을 두지 않는 모양이다.

조금 특이한 호텔 내부로 들어선 태하와 라일라는 이국적인 풍경을 잠시 감상했다.

모던한 인테리어와 함께 호텔 내부에는 박제된 사냥감이 즐비했는데, 호텔 주인장은 수렵허가증까지 가지고 있었다.

"사냥이 취미인가?"

"그런 모양입니다."

한참을 그곳에서 서성이고 있는 두 사람에게 호텔 주인장이 다가와 말했다.

"다행이군요. 방이 딱 하나 남아 있습니다."

"하나요? 하나 더 구할 수는 없을까요?"

"이미 예약이 다 차서 그럴 수는 없습니다. 아마 다른 집을 가서도 별반 다를 것이 없을 겁니다."

태하는 잠깐 고민하는 눈치였지만 라일라는 아주 자연스럽게 열쇠를 받아 들었다.

"주세요. 지금 이 시간에 방이 있는 것이 어디예요?"

"괜찮겠어?"

"우리가 함께 자는 것이 이번이 처음은 아니잖아요?"

"하긴, 그건 그렇지."

지금까지 태하는 라일라를 포함한 자칭 비서들과 함께 얘기치 않은 혼숙(?)을 꽤 많이 했다.

그렇기 때문인지 라일라는 별다른 거리낌이 없어 보였다.

태하는 그런 그녀를 따라서 2인실로 짐을 옮겼다.

*　　　　*　　　　*

오슬로에서의 밤은 시가지 내에 있는 맥주 파티장에서 지새우기로 했다.

빰빠바바바밤!

노르웨이 전통음악이 흘러나오는 파티장에는 수많은 젊은이들이 다닥다닥 붙어서 술을 퍼마시고 있었는데, 오늘은 인근 상가조합 회장이 결혼 피로연을 벌인다고 했다.

운이 좋게도 오늘 파티에 무료로 참석하게 된 태하와 그녀는 순록 고기를 비롯하여 꽤 많은 음식을 제공 받았다.

꿀꺽꿀꺽!

"크흐, 시원하다!"

"북유럽 맥주가 역시 톡 쏘는 맛이 일품이군요!"

"바이킹의 나라 아니야? 맥주는 역시 스칸디나비아지!"

술에 대한 일가견이 있는 두 사람은 이 지역 맥주를 한잔 마시곤 걸쭉한 감탄사를 내뱉었다.

두 사람은 무상으로 제공되는 맥주를 마음껏 퍼마시며 피로연장을 구경했다.

이곳은 신랑 신부의 가족을 비롯한 마을 사람들이 전부 다 모여 실컷 웃고 떠들며 행복함을 만끽하고 있었다.

파티는 마치 그 옛날 한국의 잔치처럼 이곳을 찾는 사람들에겐 돈을 받지 않고 꽤 맛있는 음식을 제공했다.

덕분에 태하와 라일라는 오슬로의 정감 있는 파티 문화에 흠뻑 젖어들 수 있었다.

흥겨운 분위기에 취해 한참을 돌아다니던 태하가 그녀에게 물었다.

"우리도 이런 파티를 좀 주최해 볼까?"

"파티요?"

"서울 한복판에 파티를 여는 거지. 사람들에게 맥주를 무상으로 나누어주면서 말이야."

"이미 그런 파티는 한 번 치르지 않았습니까?"

"그거야 패션쇼 뒤풀이로 치러진 파티고, 이건 그냥 우리가 좋아서 여는 자선파티 같은 거야. 아마 엄청 많은 사람들이 몰리지 않을까?"

"돈도 엄청나게 많이 들어가겠지요."

"뭐, 그래도 이런 흥겨운 분위기라면 나쁘지 않을 것 같은데? 기업 홍보도 되고 말이야."

그녀는 태하의 의견에 공감한다는 듯이 고개를 끄덕인다.

"그래요. 그런 취지라면 참 좋네요. 나중에 회사로 돌아가 한번 추진해 보겠습니다."

"그래, 그러자고."

라일라는 태하의 의견을 모두 수렴한 후 곧바로 그의 발을 발로 쿡 밟았다.

꽉!

"으윽! 왜 이래?"

"벌입니다. 여행을 와서까지 일 얘기를 하다니 맞아도 싸지요."

태하는 겸연쩍은 듯이 웃으며 말했다.

"하하, 내가 그랬나?"

"약년성 치매가 아니고서야 벌써 잊을 수가 있나요?"

"미안하이. 앞으로 일주일간은 일 얘기 하지 않을게."

"잘 생각하신 겁니다."

두 사람은 손에 쥐고 있던 맥주를 단숨에 비운 후 또다시 그 잔을 채우며 파티를 만끽했다.

＊　　　＊　　　＊

다음날, 두 사람은 기차를 타고 내륙으로 향했다.

이번 여행은 독일 베를린을 지나 체코 프라하까지 이어지는 길이기 때문에 시간이 꽤 걸릴 예정이다.

두 사람은 1인용 침대 두 개가 나란히 놓인 방에 들어가 짐을 풀었다.

덜컹덜컹!

아무리 기술이 발전해도 이동 수단이 주는 진동까지 전부 없앨 수는 없었다.

태하는 이따금씩 덜컹거리는 기차 때문에 온전히 잠을 청할 수가 없었다.

"…이것도 참 고생이군."

"그러게 말입니다. 씻지도 못한 채 기차를 타는 것이 쉬운 일은 아니군요."

"그래도 이 또한 추억이 아니겠어?"

"포장만 잘한다면 추억이 되겠지요. 하지만 그다지 좋은 추억은 아닐 것 같습니다."

"뭐, 사람에 따라서 추억이 될 수도 있고 악몽이 될 수도 있겠지."

그는 창밖으로 스쳐 지나는 유럽의 들판을 바라보며 말했다.

"언젠가 내가 늙어서 낙향한다면 이런 곳에 집을 짓고 싶어."

"낙향이라…… 언제쯤 낙향하고 싶으십니까?"

"복수가 끝난다면 더 기다릴 것도 없이 바로 낙향할 거야."

"그렇게 되면 그룹은 어쩌시고요?"

"요즘은 전문경영인들이 세습경영자보다 더 잘해. 그리고 나를 따르는 조직이 있는데 회사의 경영에는 조금 덜 신경 써도 되지 않겠어?"

"하긴, 그렇긴 하군요. 그렇지만 주주들이 좋게 생각할까요?"

"낭만이 없는 삶은 각박하기 그지없어. 낭만이 아닌 다른 일은 전문경영인들이 알아서 하라지."

"후후, 태하 씨에겐 어울리지 않는 얘기네요."

"사람은 누구나 다 의외의 면을 가지고 살아. 나 역시 의외의 면 하나쯤은 가지고 있어야 사람답게 살 수 있지 않겠어?"

이번엔 태하가 그녀에게 물었다.

"라일라는 언제까지 내 밑에 있을 거야?"

"글쎄요. 깊게 생각해 본 적 없습니다. 사람은 멀리 보면서 살아야 한다지만 그 끝을 상상하면서 살아가는 사람도 있을까요?"

"하긴, 자신의 끝을 설계하면서 살아가는 사람은 그만큼 인생을 즐기지 못하겠지."

그녀는 태하와 함께 같은 방향을 바라보다가 자신의 종착역에 대해 설명했다.

"저는 태하 씨가 회장직에서 물러나면 함께 회사를 떠나고 싶네요."

"흠, 그 이후엔 뭘 하고 싶은데? 어려서부터 계속 이런 일을 하고 싶던 것은 아닐 것 아니야?"

라일라는 옅은 미소를 머금은 채 답했다.

"농장을 일구고 싶어요."

"농장?"

"바다가 보이는 곳에 집을 한 채 짓고 그 뒤로 농장을 건설하는 거죠. 그렇게 되면 산과 들에서 가축을 키우면서도 바다를 끼고 살 수 있으니 얼마나 좋겠습니까? 가능하다면 집 근처에 호수나 강가도 있었으면 좋겠네요."

태하는 그녀의 청사진에 자신의 의견을 조금 더 보탰다.

"거기에 계곡과 작은 온천도 있으면 좋겠군."

"후후, 그러면 얼마나 좋겠어요? 하지만 집에 온천까지 딸린 땅이 그리 많지 않을 텐데요?"

"찾으면 없지는 않을 거야. 구하기 힘든 만큼 그 집에서 사는 내내 느낄 행복은 더 커질 테니 시간을 두고 땅을 물색하는 것도 나쁘지는 않겠지."

"삶에 대한 주관이 뚜렷한 사람이군요. 어떤 면에선 부럽습니다."

"부러울 것 없어. 아마도 대부분의 남자들이 나와 같은 생각을 하지 않을까? 손수 지은 집과 자신이 완성시킨 유토피아. 남자는 죽을 때까지 그 완벽한 것을 추구하다가 결국 세상을 떠나는 것이지."

"…어쩐지 조금은 애잔하군요."

"애잔할 것까진 없어. 모두들 그렇게 살아가니까. 그리고 그 기대감과 노력으로 인해 세상이 즐겁다면 오히려 좋은 것 아닌가?"

"그런가요?"

그의 말처럼 사람들은 한 번쯤 자신만의 유토피아를 건설하고 싶다는 생각을 할 것이다.

집 앞에 호수와 강, 뒤뜰에는 계곡이 흐르고 그 안쪽에선 온천수가 흘러나와 집안에서 온천수로 목욕을 즐길 수 있다.

아침에 일어나면 바다가 펼쳐져 있고, 자신이 직접 먹이고 키운 가축들이 농장에서 무럭무럭 자라나는 풍경이 매일 이어진다.

아마 길거리를 지나는 백 명의 사람들에게 물어보면 누구나 손뼉을 치고 좋아할 것이다.

태하는 그녀의 삶에 대한 청사진을 함께 그리다가 자신의 최종 목표에 대해서 설정하게 되었다.

"좋아, 나도 이제부터는 온천이 딸린 땅을 찾기 위해 많은 시간을 할애하겠어. 그래야 내가 은퇴한 후 집을 지을 수 있지 않겠어?"

"후후, 드디어 취미 하나를 찾으셨군요."

평소에 자는 것 말고는 취미가 별로 없던 태하에게 이젠 평생을 두고 천천히 즐길 취미생활이 생긴 셈이다.

                    *   *   *

이런저런 얘기를 나누면서 지내니 1박 2일은 아주 금방 흘러갔다.

체코 프라하의 번화가, 이제는 제법 친해진 두 사람은 손발이 척척 들어맞았다.

"근처에서 숙박이나 좀 하다가 가자고."

"방은 하나로 잡고 식사는 술집에서 하는 것이 어떠십니까?"

"좋지. 프라하의 강변이 보이는 펍이면 좋겠어."

"이하 동문입니다."

"아니다, 방을 잡기 전에 술부터 한잔하자고."

"그것도 좋은 생각이겠군요."

여행의 백미는 식도락, 그중에서도 음주가 빠진다면 여행에 의미는 상당히 퇴색된다고 볼 수 있다.

태하와 라일라는 고급스러운 레스토랑이 아니라 강가가 아주 잘 보이는 선술집에 자리를 잡았다.

방을 잡기 전부터 술집에 들어선 두 사람은 체코의 전통음식에 브랜디를 시켜 술을 한 잔 넘겼다.

그러면서 선술집의 종업원에게 근처에 묵을 만한 방이 있는지 물어보았다.

한국 돈으로 대략 5천 원 정도의 팁을 지불하고 나니 그는 근처 골목에 있는 작은 게스트하우스를 소개해 주었다.

"제 이름을 대고 가시면 몇 가지 서비스가 제공될 겁니다. 그곳은 제 아버지가 운영하시는 곳이거든요."

"아아, 그렇군요. 고맙습니다."

"별말씀을요."

태하와 라일라가 여행한 기간은 그리 길지 않았지만, 이들이 지금까지 느낀 공통적인 것은 북유럽 사람들이 생각보다 친절하다는 것이었다.

어쩐지 스칸디나비아반도의 이미지는 바이킹을 닮아 전투적일 거라고 생각되지만 실상은 그렇지 않았다.

이미지는 어디까지나 사람들의 편견일 뿐, 태하와 라일라는 친절한 사람들 덕분에 꽤나 풍족한 여행을 즐길 수 있었다.

저녁으로 반주를 곁들인 태하는 라일라에게 이번 여행을 떠나온 진짜 이유에 대해서 물었다.

"그런데 말이야, 정말로 묻고 싶은 것이 있어."

"말씀하시지요."

"요즘 들어 나에게 왜 이렇게 쌀쌀맞았던 거야? 자네는 가벼운 사람이 아니니 뭔가 분명히 이유가 있겠지."

그녀는 씁쓸한 미소를 지으며 답했다.

"…그냥 제가 좀 생각이 많았습니다. 그래서 스스로 머릿속에 여유가 없던 것이지요."

여행을 함께 다니면서 사이가 돈독해진 두 사람은 어느새 전우애까지 싹트고 있었다.

며칠 전만 해도 태하를 바라보는 눈빛이 싸늘하던 그녀의 태도가 조금씩 바뀌어가고 있었다.

태하는 앞으로 그녀가 자신에게 쓸데없이 히스테리를 부리지는 않을 거라고 생각했다.

＊　　　＊　　　＊

체코에서 파리, 밀라노까지 여행한 두 사람은 이제 마지막으로 본사가 있는 영국으로 향할 생각이다.

돌아가는 길은 비행기를 이용하겠지만 마음만큼은 여전히 여행의 여운으로 가득 차 있었다.

두 사람은 서로에게 줄 선물을 하나씩 사서 나누어 갖기로 했다.

라일라가 태하에게 선물을 주고 싶어 제안한 것이지만 안 그래도 태하 역시 그녀에게 선물을 하나 하고 싶은 찰나였다.

태하는 밀라노 노점에서 산 돌고래 문양의 목걸이와 팔찌를 선물했다.

이 팔찌에는 사파이어와 아쿠아마린이 박혀 있었는데, 이것은 그녀의 성공과 건강을 기원하는 의미가 담겨 있다.

그에 반해서 그녀는 태하에게 작은 시계를 하나 선물했다.

골동품 상점에서 100유로를 주고 산 이 시계는 2차 세계대전 당시 한 군인이 착용했다고 한다.

그는 이 시계로 인해 목숨을 무려 네 번이나 구함 받았고, 100세가 넘을 때까지 장수하다가 세상을 떠났다고 한다.

한마디로 이 시계는 행운과 장수를 상징하는 의미인 것이다.

영국으로 돌아가는 비행기 안, 태하는 자신의 손목에 걸린 시계를 바라보며 재미있다는 듯이 웃었다.

"2차 세계대전 당시의 물건이라니, 진품일까?"

"보증서는 없지만 주인이 죽기 전에 남긴 편지가 있었습니다.

뭐, 그것마저 다 조작이라면 할 수 없지요."

태하는 고개를 가로저었다.

"아니, 진품이 아니라도 상관없어. 어차피 물건이라는 것은 사람이 의미를 부여하기 나름이니까."

"후후, 이번 여행으로 인해 융통성이 조금 생기셨군요?"

"사람이 너무 빡빡하게 살면 오래 못 살 것 같아서 말이야."

"좋은 자세군요."

라일라는 가만히 태하를 바라보았다.

그는 라일라가 자신에게 무슨 할 말이 있다고 생각했다.

"왜 그래? 무슨 할 말이라도……."

"…아닙니다. 그냥 앞으로는 절대로 쓸데없이 분위기 잡는 행동은 하지 않겠다고 혼자 다짐한 겁니다."

"하하, 그래. 아주 좋은 결정을 했군."

두 사람 모두 이번 여행에서 얻은 것이 많았으니 일주일을 할애한 가치로는 충분했다.

7. 디도스

2015년 10월 20일, 대한민국 3대 이동통신사들이 초대형 디도스 공격에 의해 본사가 함락당하는 초유의 사태가 벌어졌다.

PC, 웹 보안업체 루리나 시큐리티는 자사 최고의 전문가들을 통신회사들로 급파하였지만 디도스 공격에 폭파된 본사 서버와 기지국 서버를 다시 복구하기란 불가능했다.

이번 디도스 공격에 의해 마비된 전산은 10년 전 폐기 처분하기로 했던 구 서버를 이용하여 대체 가동될 전망이다.

그로 인하여 4G(4세대 통신망) 서비스를 이용하는 이용자들이 와이파이와 4G망 서비스를 받지 못하는 불편을 겪게 되었다.

구 서버를 통한 통신망 구축은 아직 3G 서비스를 이용하기 전이기 때문에 기껏해야 2G 서비스를 제공할 뿐이었다.

그나마 2G 서비스를 이용하여 이용객들에게 정보망을 제공하긴 했지만 하루 이틀 안에 제공될 사용량을 수용하기엔 역부족이었다.

2G와 3G, 4G의 속도 차이는 거의 하늘과 땅 차이이기 때문에 지금 2G를 사용하게 되면 복장이 터질 지경이다.

하지만 하늘이 무너져도 솟아날 구멍이 있다고 했던가?

한국계 보안업체 전체 순위 20위의 성한백신이 2G 서비스망을 이용하여 죽어 있던 기지국을 컨트롤할 수 있는 대체 통신 모뎀을 개발한 것이다.

아주 단시간 내에 완성했기 때문에 안전성이 떨어지는 것이 단점으로 지적되긴 했지만 2G 통신망을 그대로 보급하는 것보다는 훨씬 나은 대안이 만들어진 셈이다.

통신회사 3사는 앞 다투어 대체 통신 모뎀을 구매하였고, 이것은 무려 세 시간 만에 전국 팔도에 있는 기지국에 모두 다 설치되었다.

대체 모뎀 통신으로 인해 조금은 불안정하지만 기존의 4G 통신망을 일부 사용할 수 있다는 것은 3사 통신사에겐 그나마 다행인 셈이었다.

하지만 이들은 전혀 상상하지도 못한 사건이 발생하고 말았으니, 그것은 바로 신흥 통신사들의 발족이었다.

얼마 전, 한국 3대 통신사를 제외한 알뜰폰 시장을 겨냥하여 저가형 보급 스마트 폰과 독자적 정보망 MG(미니언 정보망)를 구축한 새로운 회사가 출범했다.

MG 기술은 말 그대로 소형 통신기기를 전신주에 설치하고 그것을 연계하여 정보망을 구성하는 시스템인데, MG 통신기기가 커버할 수 있는 통신 범위는 대략 10㎞ 내외였다.

한마디로 10㎞마다 통신기기를 설치하여 전국 팔도를 연결한다는 전략이었는데, 이것은 오히려 초대형 기지국을 설치하는 것보다 유지 보수 비용이나 정보 효율성에서 월등히 앞선 모습을 보였다.

우선 4G 시스템보다 빠른 정보력을 갖고 있으며, 각개 통신기기에 10중 보안이 걸려 있어 아무리 실력이 좋은 해커라도 이것을 뚫어낼 수 없었다.

무엇보다도 무선 인터넷을 사용하는 비용이 거의 1/100 수준으로 떨어지기 때문에 기존의 통신사들이 받는 데이터 요금의 1/100로 인터넷을 사용할 수 있다는 강점이 있었다.

신흥 통신사 백두대간은 초저가 핸드폰을 보급하고 유치한 지 불과 반년 만에 가입자 수 500만을 넘기고 있었다.

앞으로 그들은 일반 인터넷 서비스와 인터넷 TV, 전화까지 영역을 넓혀 서비스를 제공할 계획이었다.

통신 계열 주가는 백두대간 텔레콤을 중심으로 뜨거운 투자 열기를 형성하고 있었고, 이제 슬슬 그 정체기에 머물기 시작했다.

그런데 어처구니없게도 대형 통신사들이 디도스 공격에 속수무책으로 당하고 있을 때, 백두대간 텔레콤은 단 한 건의 공격도 당하지 않았다.

이들에게도 디도스 공격이 감행되긴 했지만 디도스 공격 자체가 무용지물이 되어버린 것이다.

애초에 10km마다 한 개씩 있는 전자기기를 공격한다는 것도 말이 안 되지만, 중앙 서버를 여러 개로 나누어 전국 각지에 배치한 것이 가장 큰 복병이었다.

한마디로 소형화를 꾀한 그들은 통신 참사라고까지 불린 디도스 공격에서 유일하게 살아남은 것이다.

*   *   *

대한민국 서울.

웅성웅성.

서울 은평구의 한 통신매장에서 수많은 사람이 모였다.

이곳은 신흥 통신사 백두대간 텔레콤의 통신기기만 전문적으로 취급하는 매장인데, 무슨 행사라도 벌이는 것처럼 사람들이 잔뜩 몰려 있다.

"자자, 줄을 서세요!"

"번호표를 뽑고 계시면 알아서 불러드릴 겁니다!"

백두대간 텔레콤은 대형 통신사에 비해 영업력이 뒤처지기 때문에 영업소 설치가 쉽지 않았다.

때문에 광역시 한 개 구에 겨우 20개 남짓한 매장이 위치해 있을 뿐이다.

그런데 이번 통신 참사를 기점으로 그 매장 수요가 폭발적으로 상승하여 무슨 백화점 바겐세일이라도 하는 듯이 사람들이 몰렸다.

처음엔 그저 통신사를 옮겨 사용하겠다고 무작정 매장을 찾던 이용객들은 저렴한 핸드폰 가격에 이끌려 기기까지 바꾸고 약정이 없다는 매력에 지인들까지 강력 추천할 정도였다.

그 결과 지금은 투표소 현장처럼 줄줄이 늘어선 행렬을 한 영업소가 다 소화하느라 쉴 틈이 없을 지경이었다.

이런 진풍경을 멀리서 구경하는 기존 통신사 영업소들은 속에서 천불이 날 지경이었다.

"이게 무슨 날벼락이야."

"안 그래도 먹고살기 빠듯한 마당에 손님까지 빼앗기니 아주 죽을 맛이군."

"이참에 나도 그냥 매장을 다시 오픈해야 하나?"

"참나, 언제는 백두대간은 머저리 같아서 취급 안 한다면서?"

"사람이 어떻게 일직선으로 곧게만 뻗어갈 수 있나? 가끔은 좌회전도 하고 그러는 거지."

지금까지 백두대간 텔레콤의 영업소를 오픈하는 사람들은 그저 자본금이 없어서 어쩔 수 없이 돗자리를 펴는 소시민으로 취급되었다.

한마디로 일반 통신사 영업장을 가진 사장들은 백두대간 영업장을 천민처럼 깔보고 살았던 것이다.

하지만 이젠 완전히 입장이 달라졌다.

오히려 저가형 매장에 저가형 스마트 폰을 보급한 백두대간은 레드오션 속에 블루오션을 선택한 혜안을 가진 사람들로 인식되기 시작한 것이다.

이런 진풍경 속에서 이젠 일반 통신사 매장들이 서서히 백두대간 텔레콤으로 고개를 돌리고 있었다.

아마도 앞으로 백두대간 텔레콤 매장은 우후죽순처럼 생겨나 3대 통신사가 그러했듯이 도시를 점령하게 될 것이다.

일반 통신사 매장들은 씁쓸한 표정으로 가게 문을 닫고 술집으로 향했다.

*　　　　*　　　　*

백두대간 텔레콤이 저가형 핸드폰을 보급하여 고수익을 올리는 동안 3대 통신사에 핸드폰을 보급하던 대형 제조사 캔디모바일이 부도를 맞았다.

안 그래도 캔디모바일이 제조한 핸드폰에서 수많은 불량이 검출되어 이른 바 깡통폰이라는 별명을 얻은 캔디모바일이다.

깡통폰은 캔디모바일의 앞 글자인 Can을 깡통으로 비하해 붙여진 별명이다.

걸핏하면 오류를 일으키거나 배터리 고장이 일어나니 당연히 사용자들의 불만이 폭주할 수밖에 없었다.

그런 가운데 이용객들이 하나둘 백두대간 텔레콤으로 고개를 돌리니 캔디모바일은 시장에서 점유율 5%도 채 차지하지 못하는 등의 고전을 면치 못했다.

안 그래도 경영 악재가 겹쳐 법원에서 재무조정 조치를 받았던 캔디모바일은 이제 사실상 해체 위기에 처해 있다고 해도 과언이 아니었다.

그런데 이 캔디모바일에 이변이 일어났다.

백두대간 텔레콤은 다 쓰러져 가는 캔디모바일을 자신들이 인수하여 자사로 합병한다는 방안을 내어놓은 것이다.

안 그래도 죽을 고비에 처해 있던 캔디모바일은 쌍수를 들고 그들에게 헐값으로 회사를 넘겼다.

이제 백두대간 텔레콤은 통신과 함께 핸드폰 제조를 동시에 진행할 수 있게 되었다.

백두대간 텔레콤은 캔디모바일을 백두대간 모바일로 개명시키고 지금 백두대간으로 저가형 핸드폰을 납품하던 제조 회사와 부품 하청 업체들을 차례대로 인수하였다.

이제 그들은 캔디모바일이 가지고 있던 거대한 생산 라인과 유통망에 기존의 저가형 핸드폰 기술력을 결합시켰다.

지금까지 단 한 번도 문제를 일으킨 적이 없는 완전무결한 저가형 핸드폰이 대량 생산의 탄력을 받기 시작한 것이다.

이렇게 백두대간 텔레콤이 승승장구하던 가운데 3사 대형 통신사에게 두 번째 시련이 찾아왔다.

그것은 바로 핸드폰 소액 결제 시스템의 붕괴였다.

언젠가부터 핸드폰만 가지고 있어도 신용카드처럼 결제가 가능한 간편 소액 결제는 젊은 세대들의 필수품처럼 여겨지기 시작했다.

물건을 사거나 버스, 택시 등의 대중교통을 이용할 때에도 핸드폰 하나만 있으면 결제가 가능했다.

한마디로 간편 소액 결제 기기만 있으면 신용카드처럼 핸드폰을 사용할 수 있게 된 것이다.

그런데 이 소액 결제 시스템에 문제가 생기기 시작한 것은 개인 정보 유출로 인한 명의 도용과 사기 결제 때문이었다.

디도스 공격이 일어난 후 유난히도 3대 통신사에서 보급한 핸드폰과 통신망에서 자주 장애가 일어났다.

그 이후 이들이 사용하는 통신망에 악성 코드와 크래커들의 해킹 프로그램이 난립하기 시작했다.

한마디로 핸드폰 내부로 악성 코드와 해킹 프로그램이 침입하여 크래커들이 마음껏 개인 정보를 유출하고 금융 시스템에까지 손을 대기 시작한 것이다.

처음엔 그저 소소한 해킹 시도로만 여긴 이 사건은 점점 더 규모가 커져 소액 결제 개인 보안을 무력화시켜 개인 자신을 해외로 빼돌리는 초유의 사태가 벌어졌다.

핸드폰에 내장되어 있던 유심 칩 자체를 해킹하고 그것이 돌아다니면서 행하는 결제 패턴을 분석하여 한순간에 핸드폰 가상 계좌에 들어 있는 돈을 모두 빼돌리는 수법이었다.

이 사태로 인해 무려 1천만 명이 크고 작은 손해를 보았고, 심지어 1억이 넘는 손해를 본 사람이 속출했다.

3사 통신사는 이 엄청난 사태를 진화하기 위해 소액 결제 시스템을 파기하고 통신망 수리에 전력을 기울이고 있었다.

하지만 해당 시스템을 이용하다가 봉변을 당한 사용자들이 불만을 토로하다가 무려 1천만 건이나 되는 손해배상 청구 소송이 벌어지고 말았다.

한마디로 대형 통신사를 사용하는 소액 결제 사용자들이 전부 소송에 가담하는 사태가 일어난 것이다.

3대 통신사들은 끝까지 책임 회피만 거듭하고 있었지만 이미 공정거래위원회와 지식경제부에선 배상에 대한 권고를 내린 상태였다.

만약 이대로 시간을 조금 더 끌게 된다면 배상 권고에서 손해배상 가처분으로 일이 커질 터였다.

하지만 그에 반해 백두대간 텔레콤은 아주 유유자적하게 그 세를 늘려가고 있었다.

아직까지 백두대간 텔레콤은 인터넷 보안 웹을 통한 전용 소액 결제 말고는 다른 결제 수단을 확보하지 못했다.

이들은 소액 결제를 대행해 줄 업체와 제1금융권을 확보하지 못했기 때문에 당연히 UISM으로 결제가 가능한 시스템을 확보할 수가 없었던 것이다.

처음엔 이런 사연 때문에 젊은 층보다는 기성세대와 중장년층에서 인기를 구가하던 백두대간 텔레콤은 '할배폰' 등으로 비하되었다.

그러나 어처구니없게도 이들은 정보망을 확충하지 못해 참사에서 벗어날 수 있었다.

이제 젊은이들은 3대 통신사를 버리고 백두대간 텔레콤으로 이동하기 시작했으며, 그들은 새로운 통신 지주회사로 거듭나는 중이다.

*   *   *

소액 결제 시스템으로 인한 모바일 금융대란이 한창인 가운데 3대 통신사의 회장들이 한자리에 모였다.

그들은 지금 당장 이 엄청난 사태를 타계하기 위한 담합을 준비하고 있었다.

하지만 3사 중 그 어떤 회사도 이렇다 할 대안을 내놓지 못했다.

그저 지금의 사태를 대법원까지 끌고 가서 시민들을 상대로 승소할 수 있을지 없을지 정도만 가늠하고 있을 뿐이었다.

"…이제 어쩌면 좋습니까? 은행에서도 나 몰라라 두 손을 놓고 있으니 말입니다."

"개자식들! 우리가 그놈들에게 벌어다 준 돈이 얼마인데!"

현재 한국의 제1금융권 은행들은 자신들이 만든 보안 프로그램으로 인해 벌어진 사태가 아니니 책임을 질 수 없다는 입장이었다.

그도 그럴 것이, 금융권에서 만든 보안 프로그램을 통하여 이체된 범죄 행위는 단 한 건도 없었던 것이다.

그저 단순히 소액 결제 시스템을 해킹하여 돈을 빼돌린 것이기 때문에 은행권은 직접적인 잘못이 없다고 볼 수 있었다.

만약 잘못이 있다면 가상계좌를 만들어주고 그에 대한 자금을 일일이 감시하지 못한 부분일 것이다.

하지만 애초에 금융권에서 이 소액 결제 시스템을 구축해 줄 때 분명히 자신들은 가상계좌만 연결해 줄 뿐이라고 못을 박았다.

어차피 그들은 이 시스템을 통하여 수수료도 받지 못하는데 굳이 깊이 관여하여 피를 볼 필요가 없었기 때문이다.

이번 사건으로 인하여 은행은 꽤 많은 손실을 보긴 했어도 그 손실액은 언젠가는 다시 돌아올 것이다.

왜냐하면 소액 결제라는 것이 비단 체크카드 형식으로 계좌에 돈을 채워야만 결제가 진행되는 형식이 아니기 때문이다.

이들이 끌어다 쓴 소액 결제 부채는 다시 은행권으로 돌아와 손해가 난 부분을 메워줄 것이다.

한마디로 은행권은 자신들이 손해 볼 것도 없고, 그렇다고 이득을 볼 것도 없는 입장인 셈이다.

하지만 이들에게 지금까지 수많은 돈을 퍼준 대기업 오너들의 입장은 그렇지가 못했다.

위기에 함께하지 못한다면 어떻게 파트너십을 맺을 수 있느냐는 주장이었다.

그러나 은행권은 지금까지 그 어떤 움직임도 보인 적이 없었다.

아무리 대기업이 은행에 미치는 영향력이 크다곤 해도 이 사태의 책임을 나누어 질 수는 없었다.

그것은 자신이 위기에 처해 있으니 그냥 억지로 책임을 함께 하자는 투정으로밖에 보이지 않았다.

메가튼 텔레콤의 회장 지성춘 회장은 이런 투정이나 억지를 더 이상 부리지 않겠다고 선언했다.

"…우리는 정면 돌파를 시도할 겁니다."

"정면 돌파요?"

"소비자들에게 소액 결제에 대한 변제를 실시할 생각입니다."

"뭐, 뭐요? 당신들 혼자만 살겠다는 겁니까!"

"그럼 어떻게 할까요? 제가 감옥에라도 들어가 살다 나올까요?"

"…배신입니다. 지금 우리를 배신하겠다는 것 아닙니까!"

"배신……. 저는 그냥 원칙에 따르겠다는 것뿐입니다. 피해를 입은 금액만 배상하면 끝나는 문제인 것을 언제까지 고민하고 있을 수는 없는 노릇입니다."

지성춘은 자리에서 일어나 곧장 밀실을 나서 버렸다.

쾅!

"지, 지 회장!"

"젠장! 지 회장이 저렇게 나올 줄이야……!"

"이젠 어떻게 하실 겁니까? 우리가 아무리 버틴다고 해도 이미 벌어진 일이 다시 되돌아가진 않습니다."

"……"

"저도 이만 돌아가 변제 금액에 대하여 고민해 봐야겠습니다."

"정만기 회장! 정말 그럴 겁니까!"

"그럼 어쩝니까? 일이 이렇게 된 것을."

그 역시 돌아서 떠나 버렸고, 홀로 남은 SJ텔레콤 구정필 회장은 깊은 한숨에 젖어들고 있었다.

＊　　　＊　　　＊

늦은 밤, 회사에서 돌아온 태하는 편의점에 들렀다.

삑삑!

일을 마친 후엔 항상 맥주를 한 잔씩 마시는 버릇이 있는 태하는 오늘도 벨기에 맥주 두 캔에 마른 오징어를 구입했다.

"8천 원입니다."

"잠시만요."

지갑을 꺼내 든 태하는 계산하기 위해 지폐를 찾았다.

"허, 허억!"

"무슨 문제라도……."

"…혹시 유로화도 받습니까?"

"네, 네?"

여행을 다녀온 이후 미처 환전을 하지 못한 태하는 지갑에 유로화와 달러밖에 없었다.

가만히 지갑을 바라보던 태하가 핸드폰을 내밀었다.

"이것으로 결제해 주십시오."

"핸드폰 간편 결제 말씀이시지요?"

"네, 그렇습니다."

"결제 어플을 실행해 주시고 이 앞에 바코드를 가져다 대주세요."

핸드폰 결제용 어플리케이션을 실행시킨 태하는 그것을 바코드에 가져다 대었다.

삐빅!

하지만 어쩐 일인지 결제가 이뤄지지 않았다.

"어, 어라?"

"왜 그러시나요?"

"정상적으로 결제가 안 되는데요?"

"네? 그럴 리가……."

대기업 회장이나 되는 태하의 핸드폰으로 단돈 8천 원이 결제되지 않을 리가 없었다.

그는 다시 한 번 핸드폰을 건넨다.

"다시 한 번 더 해주십시오."

"네, 알겠습니다. 8천 원 결제하겠습니다."

삐빅!

편의점 종업원은 태하의 지갑에 가득한 유로화를 바라보며 고개를 갸웃거린다.

"이상하네."

이렇게 현금을 많이 가지고 다니는 사람의 핸드폰 간편 결제 가상계좌가 텅텅 비었을 리가 없기 때문이다.

게다가 가상계좌를 튼 사람 중에서도 태하처럼 신용도가 높은 사람은 핸드폰 결제로 중고차 정도는 가뿐히 살 수 있었다.

그런데도 결제가 막혀 있다니 이해할 수가 없는 태하였다.

그는 일단 지갑에 들어 있던 블랙카드를 꺼내어 종업원에게 건넸다.

"별일이 다 있군요. 이것으로 결제해 주십시오."

"…카드 받았습니다."

"아참, 주시는 김에 담배도 한 보루 주십시오."

"네, 알겠습니다."

어차피 담배도 다 떨어졌기에 한 보루 산 태하는 결제가 끝난 신용카드를 받아 들었다.

그리곤 핸드폰 어플리케이션을 만지작거리며 연신 고개를 갸웃거렸다.

"이상하네."

"저, 혹시 손님도 핸드폰 해킹을 당한 것은 아닐까요?"

"핸드폰을 해킹 당한다고요?"

"보아하니 외국에서 돌아온 지 얼마 되지 않으신 것 같은데, 요즘 그 문제 때문에 아주 난리예요."

유럽에서 돌아와 이제 막 회사에서 잔무를 마친 태하는 핸드폰은 물론이고 인터넷을 들여다 볼 시간조차 없었다.

그런 그에게 지금 한국에서 벌어진 이 엄청난 사태는 조금 늦게 전달되었던 것이다.

그는 재빨리 인터넷에 접속하여 관련 기사들을 검색해 보았다.

그러자 그는 작금의 사태가 어떤 것인지 충분히 인지할 수 있었다.

"스마트 폰을 해킹하다니, 말도 안 되는 놈들이군."

"피해자가 1천만 명이나 된다니 손님도 한번 조회를 해보시는 것이 좋겠네요."

몇 번 사용하지는 않았지만 태하 역시 소액 결제를 이용한 적이 있었다.

고속도로 톨게이트 비용을 지불하거나 주유소에 들렀을 때 갑자기 소액 단위 현금이 없어서 핸드폰을 이용한 것이다.

아무래도 그 과정에서 해킹 시도가 있던 모양이다.

그는 집으로 돌아가 자세한 내막에 대해 알아보기로 했다.

　　　　　*　　　　　*　　　　　*

　강남 대치동에 있는 BS펠리스는 태하가 임시 숙소를 마련하기 위해 기존의 주상복합아파트를 구매해서 개조한 것이다.

　이 건물은 BS그룹의 통합 숙소로 사용되고 있는데, 지하 식당은 BS그룹에 한하여 무료로 식사가 제공된다.

　50가지의 음식을 뷔페식으로 이용할 수 있기 때문에 굳이 다른 식당을 찾을 필요가 없다는 장점이 있었다.

　태하는 한국지사 비서실장이 묵고 있는 5층 2호로 찾아가 핸드폰 간편 결제 사태에 대해 물었다.

　한국지사 비서실장 김태훈은 미간에 깊은 골을 만들어냈다.

　"…살다 보니 별일이 다 일어나는군요. 설마하니 스마트 폰을 해킹할 생각을 하다니."

　"그러게 말입니다."

　김태훈은 너무나 의외라는 눈치다.

　"저는 설마하니 회장님께서 간편 결제를 이용하실 것이라곤 생각도 못했습니다."

　"일단 저도 젊은 세대니까요. 게다가 회장이라고 항상 현금을 가지고 다닐 수는 없는 것 아닙니까? 그렇다고 톨게이트에 블랙카드를 내밀 수도 없는 노릇이고요."

　"하긴, 그렇긴 하군요. 아무튼 모든 것이 제 불찰입니다. 징계하신다면 달게 받겠습니다."

"그게 어째서 비서실장 잘못입니까? 이렇게 황당한 일이 벌어지도록 만든 이동통신사 잘못이지요."

김태훈은 지금 당장 핫라인을 가동시켜 회의를 소집할 것을 요청했다.

"회장님 핫라인으로 관련 부서를 모두 모아주셔야겠습니다. 다른 사람도 아니고 회장님의 신상 정보가 노출되면 상당히 난감한 상황이 벌어질 수도 있습니다."

"흠……"

사실 지금 태하의 신분은 가상으로 만들어진 것이나 다름없었다.

어차피 회사의 모든 결재 시스템은 태하 본인의 지시가 없으면 가동될 수 없었다.

그것은 태하가 세 개의 신분을 가지고 있기 때문인데, 라일라를 비롯한 수뇌부들이 직접 태하에게 결재를 받지 않은 한 큰일이 벌어지진 않을 것이다.

하지만 일단 그의 핸드폰 개인 정보가 털린 것은 기업 입장으로선 거의 날벼락 수준의 재앙이었다.

다른 사람도 아닌 기업 회장의 신분이 털리다니, 김태훈은 이것을 기업의 비상사태로 보고 있었다.

태하는 일단 그의 요청을 받아들이기로 했다.

"좋습니다. 지금 당장 기술부서와 정보부서를 모두 소집하겠습니다."

"감사합니다."

두 사람은 이 사안을 회사에서 다루기로 했다.

*　　　*　　　*

BS그룹 한국지사는 대한그룹 보증인으로 태하가 지목되면서 만들어졌다.

비록 생긴 시간은 그리 길지 않았지만 이 안의 보안 시스템은 국정원에서 침투하지 못할 정도로 단단했다.

그것은 온, 오프라인 모두를 통틀어 적용되는 사안이었다.

라일라는 이번 사태를 최대한 빨리 수습하지 않으면 상당히 불편한 일이 벌어질 수도 있음을 시사했다.

"회사 내부의 일은 큰 상관이 없습니다만, 대외적인 사안이 문제입니다. 지금 회장님껜 적이 많습니다. 누군가 이 정보를 잘못해서 팔아먹기라도 하면 큰일이 벌어질 겁니다."

"흠……."

태하는 챕스틱에게 이번 사태의 수습 방안에 대해 물었다.

"어떻게 생각하나? 수습할 수 있겠어?"

"글쎄, 일단 놈들이 누구인지부터 파악해야겠지. 그러자면 적어도 세 시간에서 네 시간은 소요될 것 같은데?"

"조금 더 빨리는 못 잡나?"

"노력은 해보도록 하지."

태하는 제프를 비롯한 히트맨 수뇌부에게 물었다.

"자네들 중에 실력 좋은 크래커들을 아는 사람이 있나?"

"미국에 지인이 있긴 합니다. 하지만 직접 얼굴을 보아야 한
다는 것이 문제지요."

"젠장, 다른 사람들은?"

"저희들도 지인이 있긴 있는데, 전부 미국이나 영국에 있습니
다."

이곳에서 미국과 영국까진 거리가 꽤 멀기 때문에 당장은 대
응하기가 쉽지 않을 것이다.

하는 수 없이 이번 사건은 챕스틱에게 모든 것을 맡길 수밖
에 없을 듯했다.

"혼자서 할 수 있겠어?"

"내 누나와 함께 하면 충분해."

"누나?"

"지금은 아마 요정에서 술을 팔고 있을 텐데, 그래도 실력은
죽지 않았어. 저번 교도소 탈출 사건을 도와준 것도 다 내 누
이의 덕분이고."

"흠, 그렇군. 그렇다면 그녀에게 지금 당장 도움을 청할 수 있

을까?"

"네가 원한다면."

챕스틱은 태하가 구해준 새로운 신분으로 비밀스럽게나마 비교적 자유스러운 생활을 영위할 수 있게 되었다.

이제 그는 태하에게 조태식이라는 이름을 밝히기도 했다.

조태식은 오늘 밤, 태하와 함께 자신의 누이가 운영하는 요정으로 행차할 계획이다.

*   *   *

떵띠디디디딩!

가야금 선율이 울려 퍼지고 있는 강남의 요정 '홍실'에는 정재계 유명 인사들이 심심치 않게 돌아다니고 있다.

태하는 홍청망청 술에 취해 비틀거리는 국회의원과 기업인들을 바라보며 쓸쓸히 웃는다.

"이런 사람들을 대접하는 곳이 자네 누이의 사업장이라는 것이지?"

"요정은 꽤 고위급 정보가 오가는 곳이기도 하지. 요정에서 꼭 술만 팔라는 법은 없어."

"아하!"

그는 이곳이 어째서 해커 출신인 태식의 누이에 의해 세워졌는지 알 것 같았다.

요정은 최고급 술과 그 품격에 맞는 여성들을 지원하는 술집이니 당연히 고위급 인사들이 많이 찾아올 수밖에 없다.

그 과정에서 이곳에서 일하는 여성들은 이런저런 얘기들을 주워듣고 그것을 정보화하여 암거래로 파는 것이다.

또한 자신에게 필요한 정보는 취하고 줄을 놓아야 할 인물들과는 직접 다리를 놓아 이용할 수도 있었다.

조태식의 누이는 그런 강점 때문에 직접 요정을 차리고 이만큼 키워낸 것이다.

개조 한옥들이 길게 늘어서 있는 요정의 후원에서 정갈한 한복을 곱게 차려입은 묘령의 여인이 태하의 앞으로 걸어왔다.

"카미엘 엑트린 회장님?"

"예, 접니다."

"반가워요. 조윤희라고 해요."

"반갑습니다."

조윤희는 해커라는 생각이 전혀 들지 않을 정도로 단아하고 아담한 한국 여성이었는데, 그 자태와 미모가 가히 모델에 가까울 정도였다.

그녀는 태하의 곁에 있는 태식에게 다가가 손을 잡았다.

"밥은?"

"아직."

"들어가서 같이 먹자. 나도 아직 안 먹고 기다리고 있었어."

"…쓸데없이 기다리지 말라니까."

처음엔 잘 몰랐지만 조태식이 꽤나 마른 체형에 여성스러운 이목구비를 가진 것은 전부 누이를 닮은 모양이다.

그냥 조태식만 놓고 보면 그저 뼈밖에 없는 갈비씨였지만 누이를 붙여놓고 보니 꽃미남의 풍미가 조금은 느껴졌다.

"남매가 많이 닮았네."

"…그런 소리 많이 들어요."

"별 쓰잘 데 없는 소리만 늘어놓는군. 일단 들어가자고."

세 사람은 조윤희가 머무는 후원 별채로 향했다.

*　　　*　　　*

요정 홍실의 후원에는 150평 규모의 지하실이 자리 잡고 있었는데, 이곳은 조윤희의 방에 있는 침실과 연결되어 있었다.

직접 요정을 운영하긴 하지만 남성들과의 술자리나 잠자리는 갖지 않기 때문에 침실에 사람이 들어올 리가 없다.

태하는 조윤희가 차려준 구첩반상을 깔끔하게 먹어치운 후 그녀를 따라 지하실로 들어섰다.

삐비비비비빅.

바쁘게 돌아가는 전자기기 가운데에 최신형 서버들과 그것을 관장하는 슈퍼컴퓨터가 보인다.

그리고 그 주변으론 네 개의 멀티플레이 모니터를 장착한 컴퓨터가 줄을 지어 늘어서 있다.

그 밖에도 위성 전파 차단 핸드폰과 광대역 주파수 인터넷 태블릿PC, 회선 추적 장치, IP 송출기 등, 태하는 태어나 처음 보는 장비들이 즐비했다.

마치 첩보영화에 나올 법한 장비들이 지하실을 가득 채우고 있었던 것이다.

그녀는 이곳에서 일하는 해커들에게 태하를 소개하고 그가 처한 상황에 대해 설명했다.

"BS그룹의 회장님이시고 내 동생의 은인입니다. 최근 간편 결제 사태로 인해 개인 정보를 유출당했다고 하시는군요. 방법이 있겠습니까?"

조윤희가 데리고 있는 해커들은 전부 인터넷에서 한 번쯤 그 악명을 날린 사람들이었다.

그런 전문가 20명이 모인 이곳은 가히 정보전의 특부수대라고 할 수 있었다.

"유출된 정보를 추적하여 관련자들만 잡으면 되는 겁니까?"

"그 정보들이 바깥을 떠돌고 있다면 그것도 지워주세요."

"알겠습니다."

그들은 태하에게 자가용 이동전화를 요구했다.

"직접 사용하시는 핸드폰을 좀 주십시오."

"네, 여기……."

태하에게서 전화를 건네받은 그들은 USIM과 연결된 모든 장치에 접속하여 외부에서 유입된 IP가 있는지 확인해 보았다.

타다다다닥.

이윽고 대략 3분 후, 그들은 태하의 핸드폰에서 홍콩 IP로 추정되는 주소를 하나 추출해 냈다.

"이겁니다. 이곳에서 정보를 빼냈군요."

"IP는 추적이 가능한가요?"

"일단 추적은 해보겠습니다만, 우회 IP를 썼을 가능성이 높아 당장 잡는 것은 어렵겠습니다."

가만히 상황을 지켜보고 있던 조태식이 한 자리를 차지하고 앉았다.

"나도 돕지요."

"그 유명한 크래커 챕스틱께서 도와주신다니 한결 수월하겠군요."

조태식은 자신이 독자적으로 구축한 IP 추적 장치를 가동시켜 해외에서 유입된 IP의 진짜 주소를 찾아내기 시작했다.

삐비비비빅.

이것은 조태식이 감옥에 들어가기 전 자신을 고발한 국정원 요원을 잡기 위해 만든 장치였다.

급하게 만드느라 아직 완성되지 않은 것을 최근에서야 완성시켜 이 사건에 처음으로 적용하는 것이다.

대략 10분 후, 조태식이 해당 크래커에 대한 주소를 잡아냈다.

"IP주소 125.151.×××. 아무래도 한국인 것 같아."

"한국?"

"정확한 위치는 이 주소를 가지고 직접 찾아가 봐야 알 것 같아."

조태식이 태하에게 전해준 주소는 전라남도 정읍을 가리키고 있었다.

"정읍이라……. 지금 당장 내려가 봐야겠군."

"그래, 그렇게 하라고. 하지만 조심해. 보통은 크래커들을 보호하기 위해 경호원들이 지키고 있으니까."

"후후, 별 걱정을 다 하는군."

주먹에 대해선 이 세상 누구에게도 뒤지지 않을 자신이 있는 태하이다.

8. 끈질긴 악연

전라북도 정읍 외곽의 한 시골 마을.

부아아아앙!

이곳과는 전혀 어울리지 않는 스포츠카 한 대가 빠르게 달리고 있다.

젊은 사람들도 별로 없는 이 마을에 스포츠카라니 도저히 매치가 되지 않는다.

아마도 이 스포츠카는 외부에서 들어온 차가 분명할 것이다.

그 광경을 살펴보던 한 사내가 무전기를 잡고 송출 버튼을 눌렀다.

"아아, 어떤 자식이 스포츠카를 끌고 우리 아지트로 들어가는 것 같다."

—뭐? 스포츠카?

"뭐 하는 자식인지는 모르겠지만 그쪽에서 적당히 두들겨서 보내는 것이 좋겠어."

—간만에 몸 좀 풀겠군.

"후후, 그렇다고 죽이지는 말라고. 시체 치우기 힘들어."

—그건 우리가 알아서 하는 것이고,

"네네, 네가 편한 대로 하세요."

무전을 보낸 사내는 검은색 승합차에 타고 있었는데, 이곳에서 하루 종일 지평선을 바라보는 것이 주된 업무였다.

그는 다시 지평선으로 눈을 가져다 놓고 정신을 흩뜨리기 시작했다.

삐이—

이곳에 앉아 하루 종일 주변을 살피다 보면 머리가 어떻게 되는 느낌이 든다.

그렇기 때문에 그는 매번 이렇게 이명이 들릴 때까지 정신을 놓고 지내는 것이다.

하지만 그는 이내 다시 정신을 차릴 수밖에 없었다.

부아아아아아앙!

"어라? 저놈이 벌써 나와?"

가만히 스포츠카를 응시하던 그는 화들짝 놀라 자리에서 일어섰다.

끼이이이익!

"어, 어어……?"

달리던 스포츠카 안에서 갑자기 유리창 밖으로 한 사내가 몸을 날려 그를 향해 날아온 것이다.

쐐에에에엥!

적어도 시속 100㎞는 더 되어 보이는 차에서 날아든 사내의 발은 그가 탄 차의 갑판을 정확하게 찔러버렸다.

콰앙!

"커억!"

마치 대포라도 한 대 얻어맞은 것처럼 흔들리는 차체를 간신히 붙잡고 있던 그는 아주 찰나의 순간에 정신을 잃었다.

하지만 그가 다시 눈을 뜨는 데엔 불과 1초도 걸리지 않았다.

짜악!

"허억!"

"이 새끼, 정신 못 차리지?"

"네, 네놈은……."

"알 것 없다. 네놈들 아지트를 도저히 못 찾겠으니까 네가 직접 안내해라."

"……."

새벽 밤에 봉창 두드리는 소리도 아니고, 그는 너무 황당해서 아무런 말도 할 수가 없었다.

하지만 사내는 이미 화가 너무 많이 나 있어서 조금도 기다릴 여유가 없는 것 같았다.

"이 새끼, 사람 말이 말 같지 않지?"

사내는 그의 귓불을 잡고 쭈욱 늘리기 시작한다.

꽈드드드득!

"아, 아아아, 아아아아! 이, 이거 안 놔?"

"네가 하는 것 봐서."

"이런 개새끼가!"

자신의 귀를 잡은 손을 뿌리치기 위해 식칼을 꺼내려던 그는 반대편에서 문을 열고 나타난 한 여자의 주먹에 맞아 어금니를 토해냈다.

퍼억, 퍼억!

"쿨럭쿨럭!"

아주 익숙한 듯이 차량의 좌석으로 몸을 밀어 넣은 그녀는 한 손으로 몸을 떠받치고 나머지 한 손으로는 체중을 실어서 그를 때렸다.

아무래도 주먹질에 이골이 난 사람이 아닌가 싶다.

"버르장머리 없는 자식 같으니. 사람이 길을 물으면 성실히 대답이나 할 것이지 말이 많군."

"캑캑!"

이번에는 그의 한껏 움켜쥔 그녀가 물었다.

"너희들의 그 더러운 아지트가 어디야? 지금 당장 대가리 안 굴리면 머리통 날아가는 수가 있다."

"마, 말하겠습니다! 그러니……."

"머저리 같은 새끼."

빠악!

그녀는 다시 한 번 그의 머리통을 후려갈긴 후 서서히 차에서 내려 스포츠카로 향했다.

                    *   *   *

폭력 조직인 독사파의 행동대원 20명가량이 모여 있는 해킹 현장에서는 멀리까지 매캐한 대마초 냄새가 물씬 풍겨오고 있었다.

"쿨럭쿨럭! 아주 똥냄새가 다 나는군!"

"…하루 종일 지하실에 처박혀 해킹을 해대니 제정신으로 버틸 수가 있나? 그래서 마약을 피우는 것이지."

태하에게 반말을 내뱉는 사내에게 멜리사가 따귀를 올려붙였다.

짝!

"크헉!"

"이런 싸가지 없는 새끼를 보았나? 이 누님도 회장님께 존대를 쓰는데 네놈이 감히 반말을 해? 죽고 싶은 것이구나."

"아, 아닙니다! 저도 모르게 그만……."

"너도 모르는 사이에 그냥 죽여 버리는 수가 있다. 아가리 간수 잘하는 것이 좋아."

"……"

평소에도 성격이 그다지 좋지 않은 멜리사이지만 자신에게 적이라고 생각되는 사람을 다룰 때엔 그 정도가 아주 심각할 지경이었다.

그녀에게 하도 얻어맞아 얼굴이 벌집처럼 울퉁불퉁해진 사내는 눈물을 머금은 채 미소를 지어 보였다.

"헤헤, 조심하겠습니다!"

"그래, 진즉 그랬어야지."

이윽고 그는 태하에게 저 안에 어떤 사람들이 들어 있는지 설명했다.

"두 명은 권총을 소지하고 있고 나머지는 스턴건을 휴대하고 있습니다. 잘못하면 전기구이가 될 수도 있지요."

"그거야 너 같은 머저리들이나 당하는 것이고."

그녀는 태하에게 정면 돌파를 제안했다.

"그냥 지금 덮치고 일을 빨리 마무리하는 것이 어떻겠습니까? 시간을 오래 끌어봐야 좋을 것이 하나도 없지 않겠습니까?"

"그래, 그건 네 말이 맞군."

태하는 그녀에게 길라잡이를 맡겨놓고 본격적으로 적진으로 돌입하기 시작했다.

"잠시 이곳에서 대기하고 있도록."

"예, 알겠습니다."

파바바바밧!

마치 새처럼 하늘 높이 날아오른 태하는 두꺼운 시멘트로 만들어진 가건물을 바라보았다.

"흠, 마권장으로 파괴할 수 있을 것 같군."

일단 그들이 가진 정보만 회수할 수 있으면 사람들은 어떻게 되어도 큰 상관이 없을 터였다.

태하는 건곤대나이를 극성으로 끌어올렸다.

"후우!"

그러자 그의 주변으로 붉은색 기운이 모여들어 손끝에 진기를 만들어냈다.

우우우우웅!

이제 이것을 출수하게 되면 콘크리트 건물이 무너지면서 적들을 단 한 방에 제압할 수 있을 것이다.

그는 거침없이 창고를 향해 손을 뻗었다.

"마권장!"

퍼엉!

태하의 손을 떠난 장법이 두꺼운 콘크리트 벽을 단 일격에 무너뜨렸다.

콰앙!

그러자 그 안에서 사람들의 비명 소리와 함께 욕설이 난무하기 시작했다.

"이런 씨발! 어떤 개자식들이야!"

"죽여 버리겠어! 총으로 다 쏴버린다!"

건물이 무너져 내린 와중에도 저렇게 욕설을 늘어놓을 수 있다니, 아무래도 대마초에 너무 많이 찌들어 정신이 없는 모양이다.

태하는 곧장 건물 안으로 몸을 밀어 넣었다.

파밧!

먼지가 자욱한 현장에 당도한 태하는 건물이 무너져 내렸음에도 여전히 컴퓨터 앞에 앉아 있는 크래커들을 발견했다.

타다다다닥.

"지독한 놈들이군. 도대체 하루에 대마초를 얼마나 피우기에 저런 행동이 가능한 것이지?"

"……"

크래커의 주변을 지키던 조직폭력배들은 자기만 살겠다고 급히 가건물을 빠져나가고 있었지만 그들은 달랐다.

묵묵히 자기의 자리에 앉아 컴퓨터에 남아 있는 자료들을 백업하고 있었다.

사람이 다치거나 죽어도 정보 하나만큼은 반드시 지키겠다는 의자가 돋보이는 모습이다.

"그래, 항상 백업하는 습관을 들이는 것이 좋긴 하지. 하지만 그것도 때와 장소를 가려가면서 해야 할 것이다!"

태하는 곧장 열 명의 크래커를 주먹으로 쳐서 기절시켰다.

퍽퍽퍽!

"끄헉!"

주먹 한 방에 고개가 휙휙 돌아갈 정도로 약골이긴 해도 해커들의 맷집과 정신력은 생각보다 질겼다.

그들은 고개가 거의 부러질 정도로 꺾이는 상황에서도 키보드를 놓을 생각을 하지 않았다.

태하는 그들을 억지로 의자 밖으로 밀어내고 하드디스크와 외장저장장치를 챙겨 백팩에 담았다.

그가 열심히 자신의 일을 하는 동안, 주변의 먼지가 걷히고 슬슬 건달들이 움직이기 시작했다.

"이런 빌어먹을 자식 같으니! 미사일을 쏜 것인지 뭔지는 몰라도 아주 제대로 처맞을 줄 알아라!"

"무식하면 용감하다고 하지."

태하는 주먹을 쓸 필요도 없이 손바닥을 쫙 펴서 건달들을 하나하나 박살 내기 시작한다.

짜악, 짜악!

"어흑!"

"원래 주먹보다 손바닥 따위가 더 아플 때가 있다. 그러니 장법이라는 것이 개발되지 않았겠어?"

"허억, 허억! 이 미친놈이 지금 뭐라고 지껄이는 거야?"

"그건 네가 장신을 차리면 차차 알게 될 거다."

태하는 자신에게 달려드는 건달들을 차례대로 각개격파하여 일렬로 줄을 세웠다.

휘리리릭, 퍼억!

"일심타, 한 방에 정신을 잃게 만드는 초식이지."

"…이 개새끼가!"

일격에 다섯 명씩 쭉쭉 나자빠지는데, 이들이 할 수 있는 일은 그저 말로 위협을 가하는 것밖에 없었다.

하지만 그 나름 지역에서 가장 유명한 건달이어서 그런지 절대로 그냥 포기하는 법은 없었다.

스릉!

"죽여 버리겠다!"

"후회할 것이다. 감당할 수 있겠어?"

"옆구리에 칼침을 맞고도 그딴 개소리를 지껄일 수 있는지 두고 보겠다!"

부웅!

조폭의 손에서 뻗어 나온 칼이 태하의 옆구리를 지났고, 그는 너무나도 당연하다는 듯이 몸을 돌려 칼을 막아냈다.

턱!

"어, 어라?"

"이 자식이 그래도 아직 정신을 못 차리는군."

이윽고 태하는 전화를 걸어 바깥에서 대기하고 있는 멜리사를 불러냈다.

"이봐, 멜리사. 내가 이놈들을 좀 족쳐야 하니까 이쪽으로 와서 짐 좀 받아줘."

"후후, 잘 알겠습니다."

순간, 태하의 눈을 스치고 지나가는 사악한 미소를 접한 건달들은 자신들도 모르게 몸을 떨고 있었다.

*　　　*　　　*

중국 상하이 동방명주가 보이는 번화가 고층건물에 '와룡그룹'이라는 간판이 걸려 있다.

총 67층으로 이뤄진 와룡그룹 본사 건물에는 건설, 자동차,

선박, 물산, 전자에 이르는 광범위한 기업이 포진해 있었다.

이 중에는 중국 100대 기업 안에 드는 업체가 20개가 넘게 포진되어 있었다.

와룡그룹을 운영하는 이들은 중국 산둥성에 기반을 둔 제갈 가였다.

제갈이라는 성을 쓰는 사람은 생각보다 많지만 산둥성에서 온 제갈량의 직계 후손은 그리 많지 않았다.

와룡그룹의 제갈 가문은 최고의 지략가 제갈공명의 뒤를 이어 지금까지 번성해 온 사람들이었다.

선조의 적통성을 잇는다는 생각으로 그룹 이름을 와룡으로 지은 이들은 중국 재계에서도 손에 꼽히는 거부 집단이었다.

와룡그룹의 회장 제갈선단은 골프와 당구를 즐기는 스포츠인으로, 아주 쾌활하고 에너지가 넘치는 남자였다.

하지만 자신에게 반하는 세력은 가차 없이 잘라내며 적대 세력은 절대로 가만두지 않는 강단을 가졌다.

그래서 와룡그룹과 꽤나 오래 파트너십을 맺어온 기업들마저 그의 심기를 건드리지 않기 위해 최선을 다하고 있는 실정이었다.

챙챙챙!

대외적으론 골프와 당구만을 즐기는 것으로 알려진 제갈선단이었지만 검법에도 조예가 깊었다.

가문 대대로 내려져 오던 전통 검술을 연구하고 발전시켜 이미 꽤나 깊은 경지에 올라 있었던 것이다.

그는 검은색 도복을 입고 묘령의 여인과 검을 섞고 있는 중이다.

"제법이로군. 그새 실력이 많이 좋아졌어."

"…과찬이십니다."

목소리로 보아 대략 20대 초반으로 보이는 그녀의 손놀림은 마치 뱀처럼 부드러우면서도 강단이 있었다.

부드러움이 강함을 이긴다는 말처럼 그녀는 완력으로는 상대가 되지 않는 제갈선단과 호각을 이루고 있었다.

이 정도면 어지간한 사내는 한 수 접어줄 정도이다.

제갈선단은 그녀의 검을 계속해서 받아주다가 이제는 슬슬 판을 끝낼 때가 되었다고 생각했다.

"남궁 회장이 아주 흡족해하시겠군. 하지만 아쉽게도 승부를 이쯤에서 결정지어야 할 것 같군."

"바라는 바입니다. 저도 비즈니스로 한창 바쁜 중이거든요."

"과유불급, 자신감도 지나치면 자만심보다 못한 법이다!"

그의 검이 갈지자를 그리면서 아주 빠른 속도로 쇄도해 나갔다.

쐐에에에엥!

제갈가의 철현검법 소천성이 담백하면서도 깔끔한 검도를 펼쳐 상대를 압박했다.

하지만 남궁 가문의 검술 역시 천하일품이라서 제갈가의 검술을 막아내는 데 전혀 무리가 없었다.

천검칠식의 비류폭첩이 마치 낙뢰처럼 제갈선단의 정수리를 노리며 출수했다.

휘리리리릭!

"허업!"

이제 막 묘령을 지난 그녀의 검은 신묘함을 넘어서 신비로움을 자아내고 있었다.

제갈선단은 허겁지겁 검을 막아내다가 이내 엉덩방아를 찧고 말았다.

쿵!

"하하, 이런! 역시 남궁가의 검은 알아주어야 한다니까! 내가 졌어. 패배를 인정하겠네."

"죄송합니다. 선배님께 너무 막 대들었군요."

"아니, 아닐세. 나는 자네가 나에게 손속을 두었다면 자존심이 더 큰 상처를 입었을 거야."

그 옛날 제갈 성씨를 쓰는 가문에선 두뇌 회전이 빠르고 이해타산이 좋은 지장이 많이 배출되었다.

청나라가 일제의 침략을 받고 쇠퇴하던 시절에는 독립운동에 뛰어들어 나라를 구하겠다고 외치기도 했다.

하지만 이해타산이 빠른 제갈세가의 일부 세력은 일본에게 두 손을 들고 창씨개명으로 충성을 표했다.

그리하여 탄생한 성씨가 바로 쇼카와였다.

쇼카와 가문은 일제에서 받은 재물을 기반으로 2차산업에서 성공을 이루어 지금의 대기업을 이루었다.

이런 쇼카와 가문은 중국 산둥성에 근거한 제갈세가의 자손임을 밝히며 그 족보에 자신들의 이름을 올리겠다고 나서고 있었다.

하지만 현재 산둥 제갈가의 장손이자 당주인 제갈선단은 그 의견을 완벽하게 묵살하며 정도를 지켜나가는 중이다.

제갈선단은 자신의 검술이 안휘성 남궁가의 남궁담린에 미치지 못함을 깔끔하게 인정했다.

자신보다 한참이나 어린 묘령의 여인에게 고개를 숙인다는 것, 제갈선단이 얼마나 정도를 잘 지키는 사람인지 보여주는 대목이다.

그는 그만큼 자신이 생각하는 정도 내에서 벗어나지 않기 위해 절제와 인정의 미덕을 지켜나가고 있었던 것이다.

남궁담린은 그에게 정중히 포권을 취했다.

"한 수 배웠습니다."

"나야말로 자네에게 한 수 배웠네. 역시 남궁가의 검술은 도저히 당해낼 재간이 없어."

"회장님께서 요즘 여러모로 신경 쓸 구석이 많은 탓 아니겠습니까? 제 미천한 검법을 칭찬해 주시니 몸 둘 바를 모르겠습니다."

"하하, 끝까지 겸손을 지키는군. 자네, 그렇게 겸손을 지키면 얄미워서 내가 살겠나?"

"죄송합니다."

"하하, 죄송할 것까지야."

두 사람은 와룡그룹 지하 연무장에서 검을 섞은 후, 잠깐 차를 마시는 시간을 가졌다.

남궁담린은 오늘 자신이 이곳을 찾아온 연유에 대해서 설명했다.

"회장님, 제 아버지께서 소식을 전해왔습니다."

"남궁 회장께서?"

"DMS그룹 독고 회장께서 회의를 소집하셨답니다."

"원래 주주총회에서 보는 것으로 결정 난 것 아니었던가?"

"애초에 결정된 일정은 그러합니다만, 이번에는 따로 회장님들을 불러서 논의를 거치실 모양입니다."

"…독고 회장이 우리를 소집하다니. 역시 명화그룹의 움직임이 심상치 않은 모양이군."

"사업적으론 전혀 문제가 없습니다만, 다른 쪽에서 문제가 생긴 모양이지요."

그는 고개를 가로저었다.

"우리는 재와 무가 하나인 줄기일세. 사업적인 문제는 언제든
지 발생할 수 있는 일이지."

"그러나 사업적인 문제만 일으키지 않으면 저희 남궁가에서
나머지는 알아서 처리할 겁니다."

"흠, 남궁 가문이라면 충분히 그러고도 남을 힘이 있지."

제갈선단은 그녀가 건넨 초대장을 받아 들었다.

"시일과 장소는 이 안에 들어 있겠지?"

"예, 그렇습니다. 그럼 저는 이만……."

"살펴 가시게."

"감사합니다."

그는 남궁담린이 전해준 초대장의 내용을 읽어보곤 실소를
흘렸다.

"정기회의를 하는데 장가게라니, 하여간 취향 한번 독특한 양
반이군."

제갈선단은 비서실장을 통하여 헬리콥터를 준비하도록 지시
했다.

*　　　*　　　*

광주, 목포의 독사파 조직원들이 자금줄로 삼고 있는 나이트

클럽 '아라비안나이트'로 한 대의 차량이 달려와 멈추어 섰다.

끼익!

아직 영업을 시작하려면 한참 멀었지만 차에서 내린 사내들은 아랑곳하지 않고 그 안으로 들이닥쳤다.

한창 청소 중이던 웨이터가 그들을 막아섰다.

"이보쇼, 뭔데 이 앞에서 알짱거리고 지랄이쇼?"

"뭐긴, 독사 새끼들 싸그리 잡아 족치러 왔지."

철컥!

놀랍게도 그들이 메고 있던 거대한 백팩에선 소총과 함께 30발들이 탄알 집이 줄줄이 이어져 나왔다.

"허, 허억!"

"이, 이런 씨발! 소, 소총이잖아!"

"자동소총으로 갈기면 너희들은 벌집이 될 것이다. 무서우면 그냥 꺼져."

"사람 살려!"

광주 한복판에 소총을 든 사람들이 나이트클럽 안으로 들이닥치다니 도저히 상상할 수조차 없는 일이었다.

세 명의 사내 중 한 명은 나이트의 입구를 봉쇄했고, 나머지 두 명은 나이트클럽 안에 대고 사정없이 총을 갈겨댔다.

두두두두두두두두!

자동소총이 엄청난 속도로 총알을 발사해 댔지만, 정작 밖에선 아무런 소리도 들리지 않았다.

나이트클럽은 그 어떤 경우에도 방음이 철저히 되어야 하기 때문에 사방이 흡음제로 둘러싸여 있던 것이다.

한참 나이트클럽 안으로 소총을 갈겨 대던 한 사내가 천장에 달려 있는 중개기를 발견해 냈다.

"아아, 저것이 없어야 경찰에 연락을 못하겠군."

타앙!

단 한 방에 고철 덩어리가 되어버린 중계기 탓에 당분간 이곳엔 경찰이 찾아오지 못할 것이다.

다만 내부 인터폰은 여전히 존재하기 때문에 지상 3층에서 숙식을 해결하고 있는 독사파 조직원들을 아래로 불러낼 수 있었다.

따르르르르릉!

"혀, 형님! 큰일입니다! 지금 아래에 총을 든 미친놈들이 날뛰고 있습니다! 제발 어떻게 좀 해주십시오!"

—뭐, 뭐?

입구를 막은 사내는 그가 인터폰을 하는데도 굳이 제재를 가하지 않았다.

"알아서 놈들을 불러내 주는군. 고맙게스리."

잠시 후, 50명이 넘는 독사파 조직원들이 쇠파이프와 야구방망이를 들고 우르르 쏟아져 나왔다.

"어떤 개새끼들이 우리 아가들을 건드리는 것이냐!"

"오호, 네놈들이 바로 독사파 찌끄레기들이구나?"

"뭐가 어쩌고 저째? 야들아, 확 쓸어버려라!"

"예, 형님!"

한국 땅에선 쇠파이프와 방망이가 통할지 몰라도 이들은 소총을 가지고 있었다.

철컥!

"이것 참, 양민 학살에는 취미가 없는데 말이야."

"하는 수 있나? 저렇게 철없이 달려드는데."

"후후, 그럼 좀 즐겨볼까?"

두두두두두두!

두 사내의 총기가 불을 뿜자 독사파 조직원들은 혼비백산해 도망치기 시작했다.

"워메! 이게 뭔 난리여? 다들 도망쳐!"

"혀, 형님! 그럼 나이트클럽은 어쩝니까?"

"지금 나이트클럽이 문제냐! 저 미친놈들이 총을 들고 설치는데!"

"에라, 모르것다!"

무기를 버리고 비상구를 향해 달리던 그들은 꽤나 유명한 얼굴과 마주쳤다.

끼이익!

"어이, 어디를 그렇게 급하게 가시나?"

"어, 어라? 어디서 많이 본 사람 같은데?"

"그래, 많이 봤겠지. 이미 TV에 얼굴이 쫙 팔렸는데 말이야."

"카, 카미엘인가 뭐시긴가 하는 놈 아니여?"

"마, 맞는 것 같은데요?"

"이, 이놈이 왜……."

카미엘 엑트린은 주머니에서 사진을 한 장 꺼내 그들에게 내밀었다.

"너희들, 이 사람 알지? 원래 목포 출신이라서 이곳이 표밭이라고 하던데."

"…박정일 의원? 그야 당연히 동향 사람이니까 알겠지?"

"으음, 그보다 더 가까운 사이잖아? 이놈이 시켜서 해킹 사건일으키고 아주 대한민국을 뒤흔들어 놓았잖아?"

"……"

"알아, 몰라?"

"이 미친놈이 지금 뭐라는 거냐? 어이, 얘들아! 조져 버려!"

"예, 형님!"

"하여간 말로 해선 안 들어먹는 놈들이군!"

카미엘 엑트린은 차가운 냉기를 뿜어내는 파란색 검을 뽑아들었다.

스르릉!

"이, 이건 또 뭐여? 총을 쏘는 것으로 모자라 이젠 검까지? 아주 가지가지 하는구나!"

"그래봐야 한 놈입니다!"

"그래, 맞다! 밀어버려!"

"와아아아아아!"

호기 좋게 카미엘을 향해 달려든 독사파 조직원들은 이내 뒤로 물러설 수밖에 없었다.

촤르르르릉!

검이 좌우로 한 번 지나갈 때마다 사방에 냉기를 흩뿌리는 바람에 앞으로 나아가기는커녕 떼로 몸이 얼어붙어 넘어지고 말았다.

"내, 내 코……!"

"이런 미친……! 도대체 검에 무슨 짓을 한 거야?"

"무슨 짓이긴, 너 같은 놈들 족치는 짓이지!"

이윽고 카미엘 엑트린은 검이 아닌 주먹으로 행동대장 정성만의 얼굴을 후려갈겨 버렸다.

콰앙!

"크허억!"

"혀, 형님!"

"쿨럭쿨럭!"

단 일격에 입과 코로 피를 한 움큼 토해내는 그의 모습은 공포 그 자체로 다가왔다.

그들이 느끼기에 이 엄청난 사내는 도저히 어떻게 처리할 방법이 없다고 생각했다.

"어, 어쩌지?"

"이런 씨발! 하필이면 큰형님도 안 계신 마당에……!"

바로 그때, 그들의 뒤로 두 자루의 소총이 모습을 드러냈다.

철컥!

"어이, 어디를 그렇게 바쁘게 가냐니까!"

"제, 제기랄!"

앞에는 칼, 뒤에는 소총이 압박하니 도저히 길을 찾을 수가 없었다.

결국 행동대장 정성만은 두 손을 번쩍 들고 말았다.

"져, 졌다! 졌다고!"

"혀, 형님?"

"지금 이 자리에서 죽을래, 나중에 입에 풀칠이라도 할래? 일단 꿇어, 이 새끼야!"

"하, 하지만……!"

"책임은 내가 진다! 손모가지가 날아가도 내 손모가지가 날아간다고!"

그제야 조직원들은 하나같이 무릎을 꿇었고, 카미엘 엑트린은 냉기가 풀풀 나는 검을 거두어 들였다.

"이제 좀 말이 통하는 것 같군. 어이, 국가의 발전을 저해하는 세력들. 자리에서 일어나 나와 함께 가자. 내 말만 잘 들어도 최소한 손모가지가 날아가는 일은 없을 것이다."

"……."

"어떻게 할 거야? 갈 거야, 말 거야?"

"…알겠다. 따라간다."

카미엘은 50명의 조직원을 데리고 나이트클럽을 빠져나갔다.

                    *   *   *

전남 무안의 한 대형 창고 안.

"쿨럭쿨럭!"

독사파의 두목 편승환이 다 죽어가는 얼굴로 눈을 떴다.

그는 얼마 전, 멜리사에게 두들겨 맞아 얼굴이 거의 피 반죽처럼 변해 버렸다.

"…지독한 년, 사람을 이렇게까지 족칠 수가 있나!"

도대체 얼마나 지독하면 천하의 독종 편승환이 두 손 두 발을 다 들 지경이었다.

그녀는 생전 처음 보는 방법으로 사람을 쥐어 팼기 때문에 그 고통이 얼마나 클지 상상조차 못한 편승환이다.

그 결과 지금은 그녀가 손만 살짝 들어도 오금이 저리는 지경에 이르고 말았다.

잠시 후, 창고의 문이 열리면서 소총을 앞세운 두 명의 사내가 카미엘 엑트린과 함께 등장했다.

끼이이익!

"멜리사, 나 왔다."

"오셨습니까?"

카미엘 엑트린, 그러니까 태하는 독사파가 국사모의 일원인 박정일 의원과 한통속이라는 것을 간파하고 그들 조직을 깡그리 잡아들였다.

가장 먼저 멜리사에게 잡혀 들어온 편승환은 이미 자신이 모든 일을 사주했다고 털어놓았고, 그의 부하인 행동대장과 부두목 역시 그러했다.

태하는 한곳에 모인 그들에게 이번 사태의 진위에 대해 물었다.

"너희들은 어렴풋이 알고 있을 것이다. 놈들이 이번 사태를 일으킨 진위에 대해서 말이다."

"…그걸 내가 어떻게 아냐? 그냥 높은 놈들이 돈을 주고 시키면 그냥 그대로 움직일 뿐인데."

"모른다고?"

멜리사는 그가 삐뚤게 나올 때마다 자리에서 슬그머니 일어섰고, 그는 몸을 움찔거리며 사지를 다 떨어댔다.

"아, 알겠다! 내가 아는 한에서 말하겠다!"

"진즉 그럴 것이지."

"…놈들은 우리에게 해킹을 시켜놓고 사용자들의 정보를 빼내어 전송시키라고 명령했다.

"사용자들의 정보를? 어째서?"

"그거야 나도 모르지. 아무튼 놈들이 시킨 대로 빼낸 정보 중에는 국회의원도 있고 연예인도 있다. 심지어는 국정원 요원에 북파 간첩도 있더군."

"흠……."

태하는 이 사건이 단순히 국사모가 백두대간 텔레콤의 주가를 올리기 위해 벌인 리스크 머니 공모전이 아니라는 것을 깨달았다.

"정보라……. 그중에는 경찰과 검찰의 자료도 있겠군."

"물론이지. 국정원 요원도 들어 있다니까?"

그는 이번 사건이 생각보다 더 심각하다고 생각했다.

'이 새끼, 도대체 신상 정보를 통해서 무슨 일을 도모하는 것이지?'

각계각층의 인사들이 어떤 생활을 하고 어떤 생각을 하고 있는지 알아낸다면 국사모가 모종의 공작을 펼친다고 해도 아무도 막아낼 수가 없을 터였다.

태하는 이들의 증언을 모두 녹음기에 담아서 유주를 찾아가기로 했다.

※　　　　※　　　　※

서울 은평구의 한 포장마자.

치이이이익.

매콤한 양념 닭발이 익어가는 가운데 국회의원 김진섭과 여당 총재 한필교가 마주 앉아 있다.

한필교가 김진섭의 술잔을 채워주며 말했다.

"어떻습니까? 제가 말씀드린 건은 잘 진행하고 있겠지요?"

"물론입니다. 이번에도 총재님이 원하시는 만큼 의석수를 차지할 수 있을 겁니다."

이제 곧 총선이 다가오는 만큼 한필교는 눈코 뜰 새 없이 바쁜 나날을 보내고 있었다.

하지만 여당의 총재가 어째서 야당의 핵심인 김진섭과 함께 있는지는 미지수였다.

김진섭은 변호사 출신 국회의원으로, 화려한 언변과 민주투쟁에서 얻은 화려한 경력으로 야당을 통합시킨 장본인이다.

물론 야당 자체가 여당에 비해 살아가기 힘든 것이 한국 정치계의 현실이지만 김진섭만큼은 차기 대통령으로 거론될 정도로 영향력이 강했다.

재야인사를 등용하는 데 탁월한 재능을 가진 김진섭은 이른바 '국회의원 제조기', '킹메이커'라는 별명을 갖고 있었다.

그 정도로 정치적 기반이 탄탄한 그가 정적인 한필교와 이렇게 오붓한 술자리를 갖는다는 것은 그야말로 파격이라 할 만했다.

하지만 이들이 이렇게 술자리를 갖는 것은 아주 오래된 일이다.

김진섭이 처음 정치계에 데뷔한 것은 모두 한필교 덕분이기 때문이다.

한필교는 수많은 국회의원을 배출해 냈고, 일부는 여당으로 들어갔고 일부는 야당으로 들어갔다.

그러니까 여야의 실세라고 볼 수 있는 국회의원들이 전부 한필교의 끄나풀이라는 소리였다.

지금 킹메이커라고 한창 인기가 좋은 김진섭의 재야인사 등용 역시 한필교의 작품이었다.

한마디로 정치계 어느 한 곳 그의 손길이 미치지 않은 곳이 없다는 소리였다.

김진섭은 그에게 USB 하나를 조용히 건넸다.

"이 안에 말씀하신 사람들의 신상명세가 다 들어가 있습니다."

"그래요. 고생 많았습니다."

"그리고 이건 모임에 헌납하는 제 정성입니다. 이젠 제가 모임에 보탬이 될 차례라고 생각합니다."

그가 건넨 것은 검은색 슈트케이스 두 개였는데, 그 안에는 유럽 국가들이 발행한 무기명채권 4억 유로가 들어 있었다.

한필교는 특유의 진중한 미소를 지으며 그의 돈을 받았다.

"그래요. 이젠 의원님도 우리 모임에 공헌할 때가 되었지요."

"조만간 주식시장에서 자금을 추출하는 대로 더 많이 상납하겠습니다. 성의가 적어서 죄송합니다."

"으음, 아닙니다. 우리 김 의원님도 용돈 하셔야지요."

그는 사무장에게 가방을 넘기곤 자리에서 일어섰다.

"갑시다. 2차로 목욕이나 좀 합시다. 이번에 박 의원께서 전라도 미인을 꽤 많이 보내주셨거든요."

"오오, 좋지요!"

두 사람은 각기 다른 방향으로 나가 자동차를 타고 강남의 한 사우나로 향했다.

*   *   *

강남 고급 사우나 '미스터Q'의 남탕에 한필교와 김진섭이 나란히 탕에 팔을 걸치고 있다.

슥삭슥삭!

평소에는 고위층 인사들만 다녀가는 이곳 미스터Q 사우나이지만 밤이 깊으면 그마저도 마감한다.

그리고 한필교의 손님들을 맞이하기 위한 그의 전용 사우나로 탈바꿈했다.

두 사람의 팔과 다리에는 온몸에 오일을 바른 연예인 지망생들이 달라붙어 끈적끈적한 장면을 연출하고 있었다.

실오라기 하나 걸치지 않은 여자들의 신체 굴곡이 전부 다 느껴지고 있었지만, 두 사람의 대화는 아주 이성적이었다.

"목포 박 의원이 말씀드렸겠지만, 뒤처리는 아주 깔끔하게 해야 합니다. 잘못하면 송사리에게도 거시기 물리는 곳이 이 바닥입니다. 잘 아시지요?"

"안 그래도 한창 마무리 작업 중입니다. 아마도 조만간 관련자들이 말끔하게 사라질 겁니다."

"그래요. 살인멸구가 가장 좋은 방법이긴 하죠."

잠시 후, 한필교는 다섯 명의 여성과 함께 때밀이 의자로 향했다.

오일로 피부 겉면의 노폐물을 거두어냈으니 비누로 온몸을 닦아 마무리하려는 것이다.

"자, 갑시다. 어서 씻고 한잔해야지요."

"좋지요."

이곳에서 방금 전 1차 술자리에서 가지고 온 고기 기름과 냄새를 다 빼내고 산뜻한 마음으로 목욕 음주를 즐길 것이다.

물론 그 자리에는 각각 다섯 명의 여자들이 수발을 들 터였다.

두 사람이 이제 슬슬 몸에 비누를 칠하고 있을 즈음, 목욕탕 문이 열리며 한 여성이 모습을 드러냈다.

"의원님, 김 실장입니다."

"그래, 무슨 일인가?"

"지시하신 사항, 모두 처리했습니다."

"그렇군. 영상은 잘 나왔나?"

"물론입니다."

그녀는 태블릿PC로 영상을 하나 재생시켰다.

그러자 그 안에선 현직 검사로 활동하는 남자 세 명이 동시에 한 여성을 상대로 성행위를 벌이고 있는 장면이 적나라하게 연출되고 있었다.

그는 슬그머니 미소를 지었다.

"좋군, 이것으로 차기 검찰총장도 섭외된 셈인가?"

"예, 그렇습니다. 잠시 후에 차기 후보께서 이곳으로 오실 겁니다."

"그래, 수고 많았네."

"감사합니다."

"자네도 뻐근하면 옆 칸에서 마사지 좀 받고 가지? 내가 자리를 마련해 두었네."

"아닙니다. 괜찮습니다."

"아아, 취향이 그쪽이 아니던가?"

"……."

"괜찮다면 이곳에서 함께 놀지."

"그럼 마다하지 않고……."

"역시! 이래서 내가 김 실장을 좋아해!"

살며시 옷을 벗은 그녀의 몸에는 봉황과 청룡이 자웅을 겨루는 문신이 그 자태를 뽐내고 있었다.

그녀는 한 점의 부끄러움도 없이 같은 여성들의 수발을 받으며 함께 술자리에 참석했다.

"자, 한 잔 받아!"

"감사합니다."

김 실장은 두 남자의 사이에 섞여 끈적끈적한 술자리에 본격적으로 참석했다.

잠시 후, 그런 그들의 앞에 또 한 사람이 모습을 드러냈다.

"의원님, 강 검사입니다."

"아아, 그래요. 어서 와요, 강 검사. 요즘 많이 바쁘죠?"

"아닙니다. 괜찮습니다."

"자자, 이쪽으로 와서 앉아요."

김 실장이라는 여자가 말한 검찰총장 후보가 바로 이 강철

중 서울지검장이었다.

서울지검장이 어떻게 검찰총장 후보로 거론될 수 있는지 상식적으론 이해가 가지 않았지만 한필교는 자신에게 불가능이란 없다고 생각하는 남자였다.

"자자, 차기 총장도 함께 한잔하시죠."

"감사합니다, 의원님!"

마치 기다리기라도 했다는 듯 그가 옷을 벗자, 또다시 다섯 명의 여자가 나체인 채로 그의 시중을 들기 위해 들어섰다.

술과 여자, 그리고 욕망이 피어나는 이곳은 추악한 미궁이라고 볼 수 있었다.

그 어떤 현자가 말했듯 욕망은 인간을 타락하게 만드는 독약이었다.

이들은 지금 욕망이 만들어낸 독약으로 건배를 하며 서서히 그 맛이 중독되어 가는 중이었다.

"하하하! 한잔하지!"

"예, 의원님!"

한필교, 그를 추종하는 사람들의 술잔에 악마의 눈동자가 서리는 것 같았다.

외전. 자매

　태하가 군에서 전역할 즈음, 대한그룹은 한창 계열사들의 자금줄을 정리하고 있었다.

　김태평 회장은 에이마르 홀딩스와 아파린 투자신탁을 필두로 기업의 잉여 자금을 모두 투자하여 자회사들의 주식에 직, 간접적인 영향을 행사할 수 있는 제3세력을 구축하고 있었던 것이다.

　그러나 아직 군에 있던 태하는 제대를 앞둔 기쁨을 온 천하에 흩뿌리고 다녔다.

　무장공비를 잡았다는 공이 인정되어 포상금과 함께 무려 석

달이나 휴가를 받은 태하는 전국 팔도를 유랑하기로 했다.

대위로 마지막 휴가를 나온 태하는 배낭 하나만 걸치고 버스 여행을 즐기는 중이었다.

부아아앙!

전라남도 해남으로 향하는 버스를 탄 태하는 축 처진 몸을 한껏 늘어뜨렸다.

우두두둑!

"으윽, 허리야."

강원도 철원에서 해남까지는 거의 끝에서 끝이기 때문에 아무리 빨리 달려도 장장 7시간이 넘게 걸린다.

하물며 버스를 네 번이나 갈아타야 하는 여정을 하면 하루로도 모자랄 지경이다.

하지만 태하는 버스에서 실컷 잠이나 자면서 그동안 쌓인 피로를 차곡차곡 풀어나가는 중이다.

"군대에서 잠만 늘어 나왔군."

그가 군대에서 가장 첫 번째로 배운 것은 낮잠이요, 두 번째는 술, 담배였다.

인생을 살아가는 데 있어서 가장 쓸모없는 것들만 배워서 나오긴 했어도 태하는 그것으로 만족했다.

쓸모가 없긴 해도 이것들이 있음으로 인생이 한층 더 살 만해지기 때문이다.

그가 거의 잠에서 깨어날 쯤엔 어느 새 버스가 해남의 터미널에 거의 도착해 있었다.

치이익!

버스기사가 늘어지게 자고 깬 태하에게 물었다.

"군에서 나왔나?"

"네, 말년휴가 나왔어요."

"담배 한 대 피우게. 나도 한 대 피우게."

"그럼 그럴까요?"

주변을 둘러보니 사람은 없고 버스기사는 홀로 몇 시간 동안이나 운전하고 온 것으로 보였다.

태하는 자리를 앞으로 옮겨 버스기사에게 미국산 담배 한 개비를 권했다.

"럭키스트라이크 어떠십니까?"

"이런 물건이 아직도 있군."

"동대문에 가면 많이 팝니다. 가격은 한국 담배와 별반 차이가 없어서 자주 피우지요."

"흠, 그렇군."

럭키스트라이크는 1917년에 미국에서 처음 만들어져 지금까지 그 명맥을 이어오고 있는 담배다.

태하는 처음 담배를 럭키스트라이크로 배웠기 때문에 군에 들어가서도 럭키스트라이크만 줄곧 피워 왔다.

물론 미국에서 직수입한 담배를 구하기 힘들 때엔 px에서 디스를 사서 피우기도 했다.

그가 담배에 대한 호불호가 강한 것은 고집이 센 이유도 있지만 처음 배운 그 향기를 잊을 수가 없기 때문이었다.

버스에서 담배를 한 대 피우면서 얘기를 나누던 버스기사는 해남을 방문한 목적에 대해 물었다.

"꽤 오래 여행한 것 같은데, 어째서 이곳까지 내려왔나?"

"그냥 발길 닿는 대로 여행하다 보니 이곳까지 오게 되었군요. 어차피 시간도 많고요."

"시간이 많다……. 어쩌면 젊음의 특권인지도 모르겠군. 난 요즘 시간이 별로 없어. 어째 나이를 먹으면 먹을수록 여유가 더 없어지는 것 같아. 그럼에도 불구하고 딱히 뭘 열심히 하는 것은 또 아니야."

"참 아이러니한 상황이군요."

"뭐랄까, 그냥 세상을 너무 깊게 알아서 그런 것 같기도 해. 이 나이쯤 되면 인생에 있어서 쓸모없는 행동은 잘 안 하게 되거든. 그래서 지천명이라고 하는지도 모르겠어."

"쓸모없는 행동이라……."

"이를테면 젊은 날에 많이 한 시간 죽이기 같은 것 있잖나. 물론 자네처럼 남는 시간에 뜻 깊은 여행을 하는 것은 아주 좋은 일이야. 하지만 나이를 먹다 보면 목적이 없는 여행은 잘 안하게 되더군."

"그렇군요."

"이건 그냥 노파심에 하는 얘기네만, 가끔은 상식에서 벗어난 행동을 하면서 사는 것도 꽤 괜찮은 선택이야. 물론 범죄를 저지르는 일은 없어야겠지?"

"하하, 물론이지요. 나라도 지켰는데 기껏 한다는 것이 감옥에 들어가는 일이면 너무 슬프지 않겠습니까?"

"그래, 맞아. 젊은 사람들은 군대를 다녀오는 것을 인생의 기점으로 삼곤 하지. 그런 정신을 잃지 않는다면 성공하지 못할 사람은 아마 없을 거야. 자네, 초심을 잃지 않도록 조심하게."

"말씀 고맙습니다."

잠시 후, 버스가 해남의 정류장에 도착했다.

치이익!

버스의 에어브레이크 소리가 들리면서 차가 서서히 멈추기 시작했다.

기사가 태하에게 악수를 청했다.

"잘 살게. 인생에서 꼭 성공한 사람이 되도록 하고."

"고맙습니다. 살펴 가십시오."

고개를 꾸벅 숙인 태하는 이제 다시 시내버스를 타고 정처 없이 해남을 떠돌아다니기 시작했다.

서울 한남동의 오피스텔.

태하의 어머니 유정화와 대한그룹 비서실장 임원택이 함께 방을 살펴보고 있다.

"음, 이 정도 방이면 태하가 회사를 다니면서 지내는 데 전혀 문제 없겠죠?"

"남자 혼자 사는데 25평이면 적당합니다. 더군다나 이 오피스텔은 남자들이 살기에 아주 최적화되어 있습니다. 잡다한 조형물 대신에 필요한 옵션만 갖추어져 있지요. 이곳으로 구매하시면 좋을 것 같습니다."

"그래요. 이것으로 하죠."

"알겠습니다, 사모님. 그럼 건물을 통째로 구매하면 되겠습니까?"

"아니요, 그럴 필요는 없어요. 어차피 장가들기 전까지만 사용할 건데요."

유정화는 이미 태하가 적산그룹의 장녀 세라와 결혼할 것이라는 사실을 기정사실로 정해놓고 있었다.

물론 당사자인 세라 역시 인생의 남자는 오로지 태하뿐이라고 생각하고 있다.

그녀는 이 오피스텔이 결혼 준비를 위한 잠깐의 휴식처일 뿐이라고 단정 짓고 있었다.

"1년, 길면 2년이니까 너무 크게 준비하지는 말아요. 괜히 태하의 허파에 바람을 집어넣을 수는 없으니까요."

"무슨 말씀인지 잘 알겠습니다."

"그래요, 실장님이 계시니 든든하네요."

이제 유정화와 임원택은 오피스텔 단지 아래에 있는 부동산으로 향했다.

유정화가 부동산 계약을 체결할 즈음 한 통의 전화가 걸려왔다.

"네, 유정화입니다."

─여보, 나요.

"회장님?"

─지금 어디에 있소?

"태하 방 구하고 있어요. 이제 전역했으니 회사로 출근해야 할 것 아닌가요?"

─으음, 시간이 벌써 그렇게 되었나?

"이이는 참, 태하가 장교로 입대한 지가 언젠데요."

─시간 참 빠르군.

"아무튼 세라의 집과 최대한 가까운 곳으로 잡았으니 두 사람이 데이트를 하거나 함께 합방하기 좋을 거예요."

─…벌써 합방까지 신경 쓰는 건가?

"두 사람 모두 성인이고 이제 곧 결혼할 건데 먼저 아이를 갖는 것도 그리 나쁘지는 않다고 봐요."

─흠, 그건 또 그런 것 같군.

아내에게 전화를 걸었다가 자신의 용건을 잠시 잊은 김태평이 말을 이었다.

─아참, 내 정신 좀 보게. 여보, 지금 당장 집으로 좀 와야겠소.

"왜요? 무슨 일 있나요?"

─내가 내일 저녁에 적산그룹과 식사를 정해놓고 깜빡했지 뭐요. 지금 태하는 어디에 있다고 하오?

"내, 내일이요? 지금 태하는 해남에 있다고 하던데……."

─해남? 갑자기 무슨 해남? 이 녀석이 헛짓거리하지 말고 조용히 지내라고 했더니 방랑시인 짓거리를 하고 있군. 하긴, 뭐 젊어서 여행 다니는 것도 나쁘지는 않지.

"아니, 지금 그게 중요한 것이 아니잖아요! 갑자기 그런 약속을 잡아버리면 어떻게 해요? 다른 사람도 아니고 예비사돈과의 식사인데!"

─뭐, 어쩌다 보니 그렇게 되었소. 혹시 거기 임 실장 있소?

"네, 있긴 하지만……."

─좀 바꿔주시오.

유정화는 어쩔 수 없이 한창 계약서를 검토하고 있는 임원택에게 전화를 넘겼다.

그리고 잠시 후, 임원택은 오른손에 들고 있던 볼펜을 땅으로 떨어뜨리고 말았다.

"지, 지금 당장 말입니까? 도련님의 성격상 쉽게 잡히지 않을 텐데요."

─알아. 그러니 자네에게 직접 부탁하는 것 아닌가? 그럼 자네만 믿고 있겠네.

임원택에게 태하를 잡아오라는 명령을 내린 김태평은 그대로 전화를 끊어버렸다.

"……."

"괜찮아요?"

"뭐, 괜찮습니다. 제가 아니면 누가 또 이런 일을 하겠습니까? 괜찮습니다."

그는 마치 자기 자신에게 최면을 거는 사람 같았다.

하지만 이 역시 비서실정으로서 그가 짊어져야 할 운명이었다.

*　　　*　　　*

늦은 밤, 태하는 낮에 만난 버스기사와 두 번째 만남을 가졌다.

정처 없이 버스를 타고 돌아다니다가 읍내 술집 앞에서 그와 마주친 것이다.

때마침 혼자서 막걸리를 마시려던 찰나에 태하를 만난 그는 아주 반가워하며 술자리를 권했다.

술 하면 빠질 리가 없는 태하였기에 단박에 그의 제안을 받아들였다.

쿵짝, 쿵짜자, 쿵짝!

"*어느 세월에~ 너와 내가 만나~ 점 하나를 찍을까~*"

"어얼쑤, 좋다!"

구성진 트로트 가락이 울려 퍼지는 가운데 태하는 대폿집 연탄 화로 위의 양념돼지구이를 뒤집고 있었다.

노래 1절이 끝날 즈음엔 고기가 다 익을 테니 술과 함께 먹으면 좋을 것이다.

태하는 대폿집 주방의 주인장에게도 술을 한잔 권했다.

"이모도 한잔하시죠."

"에잇, 그래! 어차피 오늘은 장사도 안 되는데 여기서 술이나 한잔하고 가야겠다! 오늘 술값은 내가 낸다!"

"워, 그래도 괜찮겠습니까?"

"술만 내가 낸다고. 고기 값은 자기들이 내야 해. 오케이?"

"좋습니다. 그게 어디입니까?"

"자자, 그러니까 가득 채워서 한 잔 줘!"

"예, 이모!"

태하는 아주 어릴 때 가출해서 홀로 일주일간 여행을 다닌 적이 있었다.

그때의 태하는 시내버스를 타고 혼자서 유랑하는 일탈을 만끽했지만, 집에선 아주 난리가 났었다.

가출 신고를 하고 사람들을 풀어서 태하를 찾아다녔지만 그는 유유자적 할아버지들과 장기도 두면서 끼니까지 알아서 해결했다.

그는 거리에서의 그 일주일 동안 꽤 많은 것을 배웠다.

세상은 사람이 처세하기에 따라서 아주 살기 좋은 곳일 수도, 그와 정반대일 수도 있다는 것을 깨달았다.

거리에서 일주일을 지내고 나니 부모님은 그를 두들겨 패겠다고 아주 팔을 걷어붙이고 있었다.

태하는 부모님께 매를 맞으면서도 거리에 대한 동경을 잊지 않고 있었다.

그때의 태하는 어려서 자유를 만끽하기 어려웠지만 이제는 나이를 먹어서 그 누구에게도 걱정을 끼치지 않을 정도가 되었다.

하지만 단 하나, 부모님과 집안의 기대가 그의 목을 옥죄고 있었다.

"크흐, 좋구나!"

"젊은 청년이 막걸리 마실 줄 아는군!"

"원래 막걸리는 이렇게 소리를 내면서 마셔야 제맛이지요!"

"하하, 그래! 그런데 이런 것은 어떻게 알았나? 할아버지께서 바빠서 어려선 잘 못 놀아주셨다면서?"

"할아버지가 꼭 친할아버지만 계신 것은 아니지 않습니까?"

"하긴, 그건 그렇지."

돼지고기양념구이에 막걸리를 걸치다 보니 시간이 어느 새 자정으로 향하고 있었다.

그럼에도 불구하고 세 사람은 자리에서 일어날 생각을 하지 않았다.

입담이 좋은 버스기사와 맞장구를 잘 치는 술집 주인이 만담을 펼치다 보니 시간 가는 줄 몰랐던 것이다.

태하는 잠시 자리에서 일어나 화장실로 향했다.

"저 물 좀 빼고 오겠습니다."

"그래, 그래!"

그가 사라지거나 말거나 두 사람은 한껏 흥에 취해 계속해서 술을 퍼마셨다.

태하는 그런 그들을 뒤로한 채 화장실로 들어가 용변을 보았다.

솨아아아아!

바로 그때, 불현듯 그의 핸드폰이 울렸다.

지이이이잉!

"으음? 이 시간에 누구지?"

이 핸드폰은 군에서 새로 개통한 것이기 때문에 어지간한 사람들은 번호를 모른다.

그렇다면 부대에서 갑자기 전화를 한 것일까?

그는 즉각 전화를 받았다.

"김태하 대위입니다."

―오빠?

태하는 고개를 갸웃거렸다.

"어라? 태린이냐? 그런데 목소리가 왜 그래? 성대 결절이라도 걸렸냐?"

―…태린이가 아니니까 그렇지. 오빠, 나 세나야.

"세나? 세나라……."

그는 재빨리 머리를 굴려 세나라는 이름을 떠올려 보았다.

선임들과 함께 나이트클럽을 돌아다니면서 하도 부킹을 많이 해대다 보니 세라라는 이름은 한둘이 아니었다.

그리고 그렇게 스쳐 지나갔더라도 이름까지 기억이 날 리 만무했다.

"세나… 미안하지만 어디의 세나지? 오빠가 좀 바빠서 정신이 없네?"

―무슨 소리야? 오빠, 나야, 나! 세라 언니 동생 세나!

순간, 태하는 화들짝 놀라 전화를 놓칠 뻔했다.

"어, 어이쿠! 세, 세나라고?"

―그래, 이 바보야! 이제야 좀 알아듣겠어?

"아아, 세나야! 내가 술에 좀 취해서 말귀를 못 알아먹었어. 미안하다."

―어디 세나? 아주 여기저기 씨를 막 뿌리고 다녔구먼?

"아, 아니야! 무슨 그런 말도 안 되는 소리를……."

―아무튼 오빠 지금 어디야?

태하는 고개를 돌려 지금 이곳이 어디인지 확인해 보았다.

"으음, 해남의 한 대폿집 화장실인 것 같은데?"

―대폿집? 정류장 맞은편에 있는 그 대폿집 말이야?

그는 세나의 말에 고개를 갸웃거렸다.

"어라? 네가 그걸 어떻게 아냐? 혹시 내 머리에 GPS라도 달렸냐?"

―뭐, 비슷하다고 해둘게. 아무튼 그곳에 가만히 있어. 알겠지?

뚝.

곧바로 전화를 끊어버린 그녀, 태하는 연신 고개를 갸웃거렸다.

"얘가 뭘 잘못 먹었나? 갑자기 왜 이래?"

소변을 다 본 후 바지에 대충 손을 슥슥 닦고 나오던 그는 자신을 막는 그림자와 마주했다.

"오빠!"

"…허, 허억!"

"여기서 뭐 하고 있어? 술 마신 것 같은데?"

"너, 너 뭐야? 갑자기 네가 여기 왜 있어?"

"사정이 좀 있어. 아무튼 오빠, 오늘 부대에 안 돌아가도 되는
가 보지? 해남까지 내려온 것을 보면 말이야."

"말년휴가 나왔어. 앞으로 3개월 동안 부대에 복귀하지 않아
도 돼."

"아아, 그래? 잘됐군. 지금 오빠 수중에 얼마나 쥐고 있어? 해
남에서 하루 정도 묵을 방값은 있지?"

"…나도 군대에서 돈 좀 벌었어. 무장공비를 잡았거든."

"오호, 그래? 아주 잘 되었군. 좋아, 그럼 나에게 그 돈을 좀
헌납해. 그럴 수 있지?"

"뭐? 그게 갑자기 무슨 소리야? 내가 너에게 왜 돈을 헌납해?
그리고 너 같은 아가씨가 무슨 돈이 필요해? 집에서 카드 안
줘?"

"글쎄, 좀 시키면 시키는 대로 해. 언니한테 확 일러바치는 수
가 있다."

"……."

세라의 성격에 태하가 나이트클럽을 다녔다고 한 대도 큰 문

제는 일어나지 않을 것이다.

하지만 결혼 전에 뭔가 크게 하나 흠이 잡히는 것은 그리 좋은 그림이 아니었다.

그는 어쩔 수 없이 그녀에게 돈을 지불(?)하기로 했다.

"얼마나 필요한데?"

"그거야 잘 모르지. 일단 배가 고프니까 뭣 좀 먹으면서 얘기하자고."

"…알겠어."

일단 태하는 그녀를 데리고 대폿집으로 향했다.

*　　　*　　　*

쿵짜자~ 쿵짝!

"저 푸른 초원 위에~ 그림 같은 집을 짓고~"

"좋다!"

밤이 깊었음에도 불구하고 대폿집에서는 여전히 흥겨운 트로트 가락이 흘러나오고 있었다.

"쩝쩝, 아저씨, 노래 잘하시네요."

"하하, 이 아가씨가 보는 눈이 좀 있네! 내가 원래 어려서 가수로 데뷔하려던 몸이야! 비록 지금은 늙어서 빛이 다 바랬지만 말이야."

"하긴, 그 얼굴이면 젊어서 인기 좀 있었겠는데요? 아줌마, 아줌마도 그래서 이 아저씨랑 계속 술 마시고 있는 거죠?"

"뭐, 뭐라고? 이 아가씨가 뭐라는 거야?"

"어허! 그런 것이었나?"

"…몰라요."

태하는 귀한 집 아가씨로만 자란 줄 알고 있는 세나에게서 새로운 면을 속속들이 발견하고 있었다.

그녀는 정기적인 가출로 인해 이미 수많은 아르바이트와 노숙을 경험했기 때문에 사회에 대해선 상당히 많이 알고 있었다.

어쩌면 태하보다도 세상 이치에 대해서 더 잘 아는 사람이 바로 세나인지도 몰랐다.

태하는 그녀에게 가출한 이유에 대해서 물었다.

"이제 성인이 되었으면 집에 좀 붙어 있을 줄 알았더니 또 가출이야? 도대체 이유가 뭔데?"

"…그냥 다 싫어. 엄마도 싫고 언니도 싫고, 아빠는 더 싫고."

"뭔지는 몰라도 아주 단단히 꼬였구나."

태하와는 아래로 한 살 차이밖에 나지 않는 그녀이기에 이제 학생의 때는 몇 년 전에 벗었다고 볼 수 있었다. 그런데도 불구하고 그녀는 아직도 질풍노도의 시기를 보내고 있는 모양이다.

한참 불판 위에 고기를 집어먹던 그녀에게 버스기사가 말했다.

"무슨 사정인지는 잘 모르겠지만 어려서 부모님의 속을 많이 썩이면 나중에 커서 후회하게 되어 있어."

"괜찮아요. 나중에 속 좀 썩더라도 지금은 자유롭고 싶네요. 워낙 우리 집안이 답답한 면이 많거든요."

"흠, 그렇게 꽉 막힐 정도로 집안이 싫다면 어쩔 수 없지."

"네, 저는 집안이 그렇게 싫어요. 안타까운 얘기지만."

태하는 적산그룹이 얼마나 보수적이고 혈연관계가 복잡한지 너무나도 잘 알고 있었다.

세라와 세나만 해도 서로 어머니가 다르기 때문에 사이가 그다지 좋지 않았다.

그것도 세라가 정실부인에게서 나온 태생이 아니라 세나가 정실부인에게서 나온 자식이기 때문에 차별이 심했다.

그나마 세라가 똑 부러지는 성격에 일 처리도 빠르기 때문에 집안에서 살아남을 수 있었던 것이다.

아마 그녀가 지금의 성격이 아니었다면 진즉 집안에서 아웃사이더가 되었을 것이다.

그런데 이상한 것은 오히려 정실부인 자식인 세나가 집안에서 아웃사이더가 되어버렸다는 것이다.

어려서 일찍 세상을 떠난 세나의 어머니는 그리 야무진 성격이 아니었다.

그래서 세라의 어머니에게 정실부인 자리를 내주고 오히려 세나를 사생아처럼 만들어 버렸다.

세라는 처세가 빨라 아버지의 사랑을 독차지했지만 세나는 그렇지 못했다.

어려서부터 더 빨리 두각을 나타낸 쪽도 세라였고 공부나 운동도 세라가 더 잘했다.

심지어 세라는 초등학교 때부터 계속 전교회장을 도맡아 해왔고, 전교 1등도 놓치지 않았다.

그러면서도 외모는 점점 꽃을 피워가고 있었으며 몸매 역시 모델 부럽지 않았다.

겉모습이야 많이 닮아 있는 세나였지만 이복자매 세라를 따라갈 수가 없던 그녀이다.

그 때문인지는 몰라도 세나는 어려서부터 집안의 주목을 받지 못하고 살았다. 하지만 거부 집안이라는 타이틀은 지켜야 할 것은 너무나 많았다.

그녀는 이런 타이틀을 과감히 버리겠노라 다짐하며 중학교를 들어가던 시점부터 가출을 밥 먹듯이 했다.

집안에선 그런 그녀의 발을 묶기 위해 신용카드와 용돈을 끊어버렸지만 오히려 그러면 그럴수록 세나는 밖에서의 생활에 점점 더 빨리 적응해 나갔다.

그 결과, 지금의 억척스러운 세나가 있는 것이었다.

태하는 그녀의 어깨를 가만히 토닥여주었다.

"아무리 그래도 집은 나오지 말자. 차라리 조만간 분가해 버려."

"…집안에서 반대가 심할걸?"

"그럼 가출은 어떻게 했는데?"

"으음, 그런가?"

"차라리 홀로서기를 해. 당당하게 말이야."

"오오, 군대 가더니 사람이 다 되어서 나왔네? 오빠가 그런 말도 할 줄 알아?"

"…나도 사람이거든?"

그녀는 태하에게 태어나 처음으로 고맙다는 말을 건넨다.

"고마워. 덕분에 나도 내 길을 찾았어."

"그래, 그래. 길을 찾았다니 다행이구나."

두 사람은 길을 찾은 기념으로 술잔을 기울였다.

"한잔하자!"

"짠!"

그들은 막걸리를 주전자째 들이켜기 시작했다.

*　　　　　*　　　　　*

늦은 새벽, 만취한 태하와 세나는 근처 모텔로 향했다.

"딸꾹! 2차, 2차 가자!"

"좋아, 2차! 2차 가자고!"

두 사람은 모텔에 짐을 풀어놓고 근처 편의점에서 소주와 맥주를 사다가 방에 한껏 늘어놓았다.

그리곤 오징어 한 마디를 봉지째 뜯어놓고 술을 들이켜기 시작했다.

꿀꺽꿀꺽!

"으허, 좋다!"

"오빠, 잘 마신다? 군대에서 술 좀 배웠어?"

"하하! 원래 내가 술은 좀 마실 줄 알아."

"흐흐, 오빠 같은 샌님이?"

"…뭐?"

"오빠 샌님이잖아? 지금까지 세라 언니 손 한 번 못 잡아 봤지?"

"……."

"큭큭, 그것 봐! 샌님이잖아?"

"세, 세라의 손은 못 잡았어도 다른 여자들은 잘 자빠뜨렸어! 흥! 뭘 모르는구먼!"

"그래봐야 나이트클럽 죽순이들이나 껄렁껄렁 날라리들이겠지. 안 그래?"

"…그, 그게 뭐 어때서? 그 여자들도 한시적으로나마 내가 마음에 드니까 한 번 잔 것 아니겠어?"

"훗, 그렇다고 오빠가 샌님이 아닌 것은 아니야, 이 샌님아!"

"뭐?"

태하는 술을 마시고 있는 그녀를 바라보며 버럭 소리쳤다.

"나, 나 샌님 아니다!"

"하하, 알아. 바보도 자기가 바보 아니라고 소리치고 다녀."

"…어떻게 하면 증명이 될까? 나 대한민국 대위야! 장교라고! 불명예는 못 참아!"

"좋아, 그럼 지금 당장 나를 덮쳐봐."

"……"

"큭큭, 거봐! 못하지?"

순간, 태하는 술김에 그녀의 손을 확 낚아채서 그대로 자빠뜨렸다.

휘릭!

"어, 어머나?"

"훗! 내가 하라면 못할 줄 알고!"

"그래, 한번 해봐. 샌님이라면 못하겠지!"

"그럴 리가 있나! 나도 한다면 하는 남자라고!"

태하는 그녀의 입에 자신의 입술을 가져다 대고 오른손으로 세나의 가슴을 주물럭거렸다.

부드럽고 탄력 있는 그녀의 몸이 태하의 성욕에 불을 지르는 것 같다.

하지만 그는 이내 그녀의 위에서 몸을 일으킨다.

"……"

"왜? 갑자기 왜 일어나? 오빠, 진짜 샌님이야?"

"…그래, 나 샌님이다."

그녀는 딱딱하게 굳은 얼굴로 태하에게 물었다.

"…언니가 생각나? 나와 언니가 닮아서 죄책감이 느껴져?"

"……"

"그러니까 오빠가 샌님이라는 거야."

세나는 돌아서 술을 들이켰다.

꿀꺽꿀꺽!

"세, 세나야, 나는 그저……"

"시끄러워! 샌님과는 아무런 말도 섞고 싶지 않아!"

그녀의 눈에선 눈물이 주르륵 흘러내리고 있고, 태하는 몸둘 바를 찾지 못하고 있었다.

*   *   *

늦은 밤, 강남의 한 고급 바에서 세나가 홀로 술잔을 기울이고 있다.

꿀꺽꿀꺽!

"후우……"

그녀는 태하의 조언대로 집에서 나와 스스로 독립하여 독자적인 힘으로 쇼핑몰을 열었다.

지금까지 10년이 넘게 쇼핑몰에 시간을 투자한 결과, 그녀는 대한민국 1등이라는 소리를 듣게 되었다.

하지만 지금의 그녀를 있게 해준 태하는 이미 죽고 없었다.

그녀는 시신도 찾지 못한 태하를 아직도 잊지 못하고 있었다.

"…어디서 뭘 하고 있는 거야? 샌님 같으니."

세나는 아직 태하가 죽지 않고 살아 있다고 믿었다. 그렇지만 지금까지 단 한 번도 모습을 보인 적이 없으니 그저 혼자만의 추억으로 태하를 묻어야 할 모양이었다.

그때, 그녀는 자신이 자존심을 접고 태하에게 조금 더 적극적이 되었다면 지금 자신과 태하는 어떤 모습일지 상상해 보았다.

"아마도 지금 내 옆자리엔 태하 오빠가 앉아 있겠지."

어쩌면 가정을 꾸려서 아이가 초등학교에 들어갔을지도 모른다.

하지만 그녀는 여전히 혼자서 고독한 삶을 이어나가고 있었다.

쏴아아아아!

창밖에는 계절과 어울리지 않는 비가 내리고 있었다.

그녀는 당장 자리에서 일어나 술값을 계산했다.

"손님, 그냥 가십니까? 위스키가 아직 남아 있습니다만?"

"당신이 마저 드세요. 난 나와 어울리는 술을 마시고 싶으니까요."

세라는 술집에서 나와 대폿집을 찾아 정처 없이 걸었다.

그러다 한 남자와 어깨를 부딪쳤다.

퍽!

"…으윽."

"괜찮습니까? 어디 다친 곳은 없어요?"

순간, 고개를 올려 목소리의 근원지를 따라간 그녀는 어쩐지 익숙한 느낌을 받았다.

하지만 그는 아주 준수하게 생긴 외국 사람이었다.

지금까지 태어나 단 한 번도 외국에 나간 적이 없는 그녀가 외국인과 마주쳤을 확률은 지극히 적었다.

'이상하게 익숙하네.'

남자는 조금 멍해진 그녀를 땅바닥에서 일으켜 세우더니 자신의 명함을 한 장 건넸다.

"나중에 혹시 문제가 생기면 연락 주십시오."

"…문제랄 것이 뭐 있겠어요? 그냥 빗물 조금 튄 것뿐인데요."

"그래도 세탁은 해야 할 것 아닙니까?"

명함에는 '카미엘 엑트린'이라는 이름이 적혀 있었다.

"카미엘이라……."

"네, 카미엘입니다. 실례지만 성함이……."

"세나요."

"아아, 세나 씨. 나중에 시간 되면 연락 주십시오. 오늘 저 때문에 옷을 버리신 것 같으니까요."

"그래요. 조만간 연락드리죠. 술 한잔 사세요."

"그럽시다."

남자는 돌아서 가버렸고, 그녀는 한참 동안이나 그 남자를 바라보며 생각에 잠겼다.

『도시 무왕 연대기』 7권에 계속…

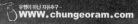

이계진입 리로디드

임경배 퓨전 판타지 소설
FUSION FANTASTIC STORY

Book Publishing CHUNGEORAM

유행이 아닌 자유추구 -
WWW. chungeoram.com

철백 新무협 판타지 소설

FANTASTIC ORIENTAL HEROES

大武

대무사

피와 비명으로 얼룩진 정마대전의 종결.
그리고…

"오늘부로 혈영대는 해산한다."

혈영대주 이신.
혈영사신(血影死神)이라고 불리는 그가
장장 십오 년 만에 귀향길에 올랐다.

더 이상 전쟁의 영웅도, 사신도 아니다!

무사 중의 무사, 대무사 이신.
전 무림이 그의 행보를 주목한다!

Book Publishing CHUNGEORAM

유행이 아닌 자유추구 -
www.chungeoram.com